边走边想

郭春霞 ◎ 著

远方出版社

图书在版编目（CIP）数据

边走边想 / 郭春霞著. —— 呼和浩特：远方出版社，2023.4

ISBN 978-7-5555-1758-0

Ⅰ.①边… Ⅱ.①郭… Ⅲ.①散文集—中国—当代 Ⅳ.①I267

中国国家版本馆CIP数据核字(2023)第068255号

边走边想
BIANZOU BIANXIANG

著　　者	郭春霞
责任编辑	武舒波
封面设计	李鸣真
版式设计	王改英
出版发行	远方出版社
社　　址	呼和浩特市乌兰察布东路666号 邮编010010
电　　话	（0471）2236473 总编室 2236460 发行部
经　　销	新华书店
印　　刷	呼和浩特市圣堂彩印有限责任公司
开　　本	787毫米×1092毫米 1/16
字　　数	200千
印　　张	17.625
插　　页	8
版　　次	2023年4月第1版
印　　次	2023年6月第1次印刷
标准书号	ISBN 978-7-5555-1758-0
定　　价	50.00元

如发现印装质量问题，请与出版社联系调换

父母年轻时

三姐妹

老照片

父母和老朋友相聚

父亲和五仁五爷

2015年大聚会

回老家

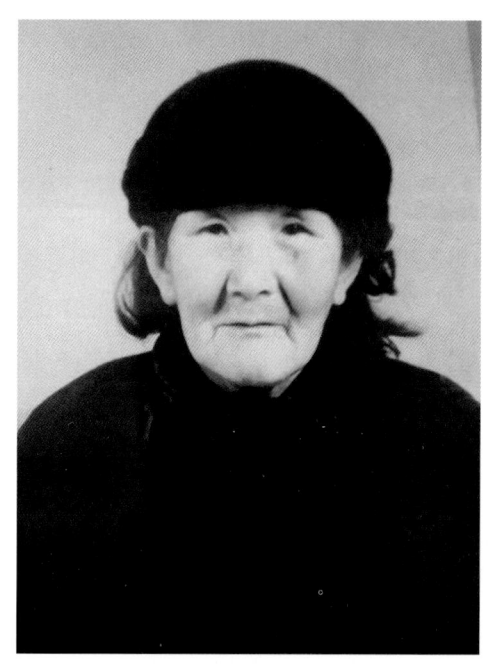
二姑

老照片

老照片

家族大聚会

西郊公园留影

二黑眼姐姐

老照片

老照片

相聚乌海

文友相聚

安仁古镇

黄河古渡

宽窄巷子

青海湖

阿尔山留影

张掖看丹霞

圆梦九寨沟

布达拉宫前留影

拉卜楞寺留影

渗透到骨髓血液里的亲情

◎李 明

作为一名主任医师的郭春霞，在闲暇时间拿起笔，把自己对生活的感受一笔一笔记录下来，并汇集成书，这的确是一件不容易的事。当我看到她的散文集《边走边想》这部书稿时，内心感到无比地震撼，这沉甸甸的文稿来之不易，它凝聚着作者的辛劳和血汗。散文集《边走边想》收录了作者近几年创作的四十多篇作品。这些作品从题材上看大致分为两类，一类是写亲情的，一类是写自然风光的。

读文章，最能感动人的是情。有人说：亲情是一种奇特无比的

力量。还有人说：亲情是人类最崇高、最纯真的情感。我读了郭春霞的散文集《边走边想》后，我对亲情的理解更深了。它是渗透到骨髓、血液里的爱，这种爱温暖着一个人的一生。正因如此，郭春霞会情不自禁地把这种爱记录下来，成为人生中最甜美的回忆。

　　从《忆姥娘》这篇文章中可以看到，郭春霞的童年是在姥娘家度过的。她写道："我一步也离不开姥娘，她走哪儿，我跟到哪儿。"姥娘的养育之恩深深地刻在她的心灵里，每每想起姥娘，她就有一种无比幸福的感觉。在她亲人的名单里，有她的爷爷，那位叫做郭文海的老人；有她的大爹，那位中尉军官；有她的二爹，一位多才多艺的老人；有她的二姨，那位创造生命奇迹的老人；有她的表姐二黑眼，她有着远大的志向；有她的四爹、二姑、四姑、二舅等等。这些亲人，都曾关心过她，爱护过她，帮助过她，是她成长中最亲的人，给她留下了深刻的印象。郭春霞是一位感恩的人，亲人对她的好，她铭刻在心。在事业有成之后，她会力所能及地帮助和回报这些亲人，她的言行让亲情在互爱中得到了升华。

我从哪里来？带着这份好奇，郭春霞走上了寻根之路。但她把寻根与旅游结合起来。她陪着父母一同寻觅祖籍，一路上领略着祖国的大好风光。这一次寻觅到的结果不甚理想，于是她陪着父母再次寻觅祖籍。这次她感慨颇多，叹了口气，说道："坐在河曲的西口古渡岸边，我们静观黄河水在这里逆流而去，好似能望见先人从这里走西口远去的背影。"这岂止是一种感慨，更多的是作者在历史的长河中，感知先辈们为了生存而体现出的那种坚强不屈的生命力，如果没有先辈们不畏艰难的闯荡精神，哪有自己今天的幸福生活。

读万卷书，不如行万里路。这句名言在郭春霞这里得到了验证。她在闲暇时间，游览了许多名胜古迹，并写下了《榆林的红石峡》《山西蒲州古城》《七彩丹霞在张掖》等二十篇游记。她认为旅行，就是一个不断学习未知和感受生活，发现美好的过程，也是充实自己人文知识，塑造自己精神形象的过程。

郭春霞的这四十多篇散文是"边走边想"

后写出来的。从这些文字中，我们感受到的不只是亲情的力量，更多的是一种人生的态度和做人的道理。我从哪里来，又到哪里去？这中间是漫长的人生路，我们每个人是不是都应该边走边好好地想一想呢！

  2022年5月18日作者于诚一书舍

  （作者系中国作家协会会员、巴彦淖尔市作家协会主席）

目录

忆姥娘 / 1

我的爷爷郭文海 / 21

大　爹 / 32

二　爹 / 42

三女子 / 52

知青李二毛 / 59

二姨和她的儿女们 / 70

四爹郭步林生命的最后时光 / 91

父亲的包头情结 / 95

听五仁五爹讲家史 / 100

二姑的姻缘 / 105

表姐二黑眼 / 110

二黑眼的后半生 / 116

嫂子的婚姻哲学观 / 124

小城里的大诗人 / 130

偶遇文友赛林花 / 138

乔金华其人其事 / 141

开出租车的男孩 / 145

导游阿俊 / 150

晋祠的女导游 / 155

阿鲁科尔沁下雪了 / 158

乘车的往事 / 169

去额济纳看胡杨林 / 173

寻觅祖迹 / 186

再觅祖迹 / 197

过桥就是保德州 / 211

榆林的红石峡 / 214

山西蒲州古城 / 219

路过河曲，遇见白朴 / 223

蒲州城外鹳雀楼 / 227

七彩丹霞在张掖 / 230

武威就是古凉州 / 235

又见广州 / 245

阿尔山见闻 / 250

越南的芽庄 / 259

黄河流过三盛公 / 265

拉萨的雨 / 268

忆姥娘

姥娘是后套方言，南方人称外婆或外祖母。

一

按照那个年代的说法，姥娘是位英雄母亲，她一生中，共生育了9个子女，6个女儿，3个儿子，40多岁时生了三舅，算是完成了生育使命。

其实，姥娘在生我母亲时，一家人的生活已经开始拮据了。那时正值二战时期，日本人的飞机从人们头顶掠过，并投下化学炸弹。当时怀着我母亲的姥娘躲在防空洞中，躲过了这场劫难。母亲的二妈就没有这么幸运了，她被毒气弹爆炸后的硝烟熏倒，感染了病毒，数月后，便离开了人世。

一九四二年二月十九日（农历），姥娘生下了我母亲，

姥爷用块布子将我母亲裹起来,抱出去准备扔到河里。说来也巧,母亲命大,当姥爷走到半路上时,碰见他的师父,也就是母亲的师爷爷。他把姥爷拦住了,看了看襁褓中的孩子,惊喜地说:"这个孩子天庭饱满,地阔方圆,有福相,不能扔掉,再说孩子和观音菩萨是一天的生日,肯定是好命!千万不能扔,日后你们还要跟她享福哩。"母亲就这样被留了下来,否则,也就没有今天的我了,姥娘的故事也就由别人去讲了。

5年以后,五姨出生了,也差点夭折,勉强留住。等到六姨出生后,正好有户人家想收养个女儿,就把六姨抱了过去。六姨从小可能没怎么挨饿,个子长得比她几个姐姐都高。再往后,姥娘又生了二舅和三舅。姥娘生二舅、三舅时,大姨已经结婚了,和姥娘同时生育。大姨生了大媛姐和二媛姐。后来,二姨也结婚了,二姨的大儿子和三舅同岁,属马。大媛姐比二舅、三舅年龄都大。外甥比舅舅大,外甥和舅舅在一起玩耍着长大。这是那个年代特有的现象,要是放在今天,母亲和女儿一齐生娃,是要遭人笑话的。

姥娘作为女人,负有多重使命,除了生儿育女这个天经地义的使命,还要负责全家人的穿戴,缝缝补补,负责全家人的吃喝拉撒。

姥娘每天起早贪黑,白天去铁匠铺给姥爷帮忙,晚上缝衣纳鞋。放在今天,算是典型的女强人了。精明强干的姥娘曾担任过陕坝铁匠协会的会长,身担重任。姥娘做事公道,因此受人信赖。那段日子，姥娘姥爷的生活应该是比较幸福的。

二

姥娘名叫张三女，娘家在杭锦后旗陕坝镇二道桥北边渠。姥爷叫马守山，姥娘姥爷结婚后，先是住在二道桥街上。姥爷开的"马三铁匠炉"打制马掌子、菜刀、农具等日常用品。姥爷心灵手巧，吃苦耐劳，手艺越来越精，逐渐有了名气。姥爷就把"马三铁匠炉"开到陕坝镇街上了，一家人随后搬到街上生活，过了一段舒心的日子。

可姥爷毕竟只是个手工业匠人，凭手艺吃饭，打一些日常用品和农具，想来不会有多大利润，家里人的吃喝、穿戴全靠他。在那个年代，姥爷能维持家人的温饱已经很不错了，不可能挣更多的钱去置办翡翠玛瑙这些奢侈品，顶多也就是买了银手镯戴戴。所以，姥娘不可能有很多物质财富留给子孙后代，她能给子孙后代留下的是她的勤劳、善良、乐观、乐善好施、坚韧、宽容的精神财富。这是她给马家后人留下的真正的遗产。

天有不测风云，人有旦夕祸福。有一年，姥爷遭受重大刺激，憋屈在心，不能解脱，终于精神崩溃，姥爷疯了！家里的经济来源没有了，穷困潦倒。

姥娘从街上"提猴的"（货郎）手里买了一条碎花布裤

子，给二姨穿。那段时间，二姨穿着那条花裤子去外面寻找姥爷。税务局长太太看到，非说那条裤子是她丢失的。

姥娘被官府抓了起来。

税务局长太太一口咬定姥娘偷了她的裤子。

家里的孩子们哭成一团。

二姨领着三姨、我母亲、五姨，提着饭罐子去牢房给姥娘送饭，母女们又哭成一团。长官一看，这哪像小偷呢？不由得动了恻隐之心，把姥娘放了。

待到新中国成立后，姥爷铁匠铺的生意越来越不景气，生活渐渐维持不下去了。

1952年，姥娘姥爷离开陕坝，搬回二道桥农村去了。当时正赶上农村减租反霸，乡政府给姥爷一家分了房，分了土地，分了粮食籽种。我母亲当时正在陕坝北二小学念二年级，没有一起随姥娘回二道桥，留在二姨家继续念书。1953年，母亲从北二小学转到二道桥小学念三年级。

有句谚语说得好，是金子放在哪里也会发光。姥娘无论干什么，都尽心尽力，干得很出色。回乡种地，她也是劳动能手，吃苦耐劳，乐于助人。姥娘被推举为妇女队长，带领大家种地、淌水、收割、挖渠，样样劳作都走在前，像个铁人，不知疲倦。

姥娘的人性，与她的属相非常吻合。姥娘属牛，勤劳了一辈子。

三

　　1957年，母亲在二道桥小学高小毕业，参加了奋斗中学考试，并以优异的成绩考取奋斗中学。二道桥小学全校有两个毕业班，近一百名学生，只考取了两三人。母亲确实不容易，是当之无愧的学霸啊！

　　可是，家里生活困难，姥娘姥爷已无力再继续供养我母亲上中学读书了。母亲也不想为难姥娘姥爷，决定不去上中学了。这反而让姥爷为难了，不继续上学实在可惜，别人家的孩子想考还考不上，姥爷终于想通了，鼓励我母亲继续上学。姥爷给母亲买了一条棉褥子，姥娘给母亲拿了家里的一床小花棉被，这就是我母亲外出求学的全部行李。

　　大舅骑自行车把我母亲送到

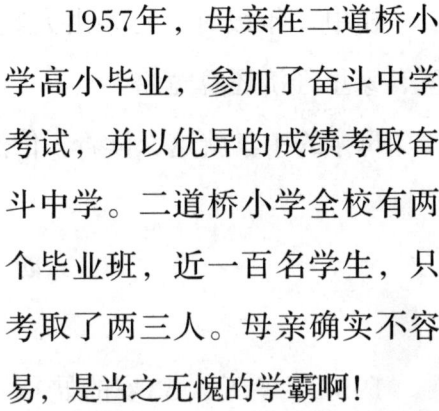

奋斗中学，交了学杂费，母亲就开始在奋斗中学读初中了。

母亲读初中一年级时，三姨刚成家，三姨父在包头学习，母亲便住在三姨家，由三姨供养上学。

初中二年级时，母亲由大姨接着供养，当时大姨父是木匠，家里经济还算宽裕。

母亲的中学就这么读着，依然保持着学霸称号。

四

1958年冬天，63岁的姥爷不幸离开了人世，离开了姥娘，离开了他的一群子女。

姥爷去世，家里便失去顶梁柱了，这个家眼看就要垮了。

姥爷比姥娘大15岁，姥爷去世时，姥娘48岁。

姥爷去世后，姥娘曾带着我母亲和五姨，想去投奔大舅。大舅住在盟政府所在地磴口县。当时我母亲想去找工作，自食其力。大姨托人给我母亲在巴盟报社谋职，以母亲的学历，肯定能胜任那份工作。

当时大舅大妗结婚不满两年，虽两人都有工作，但工资不高。一下子增加三口人，多了三张嘴吃饭，在那样的时代背景下，年轻的大妗可能心理承受不起这么重的负担，感到为难。姥娘当然是个明白人，思前想后觉得把这么重的负担压在两个年轻人身上，也不合适。

母女三人在磴口住了几天，姥娘去盟医院做了白内障手术，然后一起打道回府。

姥娘回到二道桥，经村里人介绍，改嫁刘成。这位刘成同志，是生产队会计，转业军人，人老实厚道，并且一直单身，比姥娘大几岁。他有个一进两开住房，生活相对宽裕，而且愿意帮助姥娘拉扯几个未成年子女。

姥娘改嫁时，大舅25岁，还没有做父亲，想必理解不了姥娘的苦衷。

作为长子，年轻气盛的大舅，像当时许多寡母的长子一样，坚决不同意他母亲改嫁，或许是传统思想束缚着他的头脑，觉得母亲改嫁是件很丢人的事吧。

可是，话又说回来，一个寡妇，带着4个未成年子女怎么生活？不嫁人，还能怎样？姥娘能去靠谁？从古至今，如果家境优越，衣食无忧，谁还愿意走这一步呢？

姥娘别无出路，承载着养育儿女的沉重负担，为了4个未成年子女的生存，她只能硬着头皮，顶着压力，不得不改嫁。

姥娘的辛酸和苦涩，又有谁人理解？在命运之手的无情揪扯下，姥娘的心不知是如何在痛苦中挣扎着，也不知被揪扯成了几瓣儿！现已步入中年的我，隔着时空，竟成为了姥娘的知己。

就这样，大舅和姥娘僵持了几年。在那几年里，姥娘像个做错事而自知理亏的孩子，不敢迈进大舅家半步。

姥娘和刘成共同生活了两年左右，刘成受到迫害，最终因脑血栓去世了。在此期间，我母亲和父亲结婚了，母亲的生活及学业有了着落。

现在回想起来，其实，刘成算是我们的恩人，在姥娘最艰难困苦、举步维艰的时候，是刘成无怨无悔地帮助姥娘拉扯我的姨姨舅舅们。刘成老人家，愿您的在天之灵，能够接受马家后人这份迟到的谢意。也愿他老人家的在天之灵能因此得到一丝慰藉。

姥爷去世后，家境破落，年仅4岁的三舅，饱受歧视，乡人碰见他就戏谑地称他"秋瓜蛋子"。这种伤害，在三舅幼小的心灵里留下了深深的烙印。所以成年后的三舅，对二道桥这个故乡和故乡的人没有一点亲近感。

五姨小小年纪就开始分担姥娘的责任，不到10岁时，就开始和姐姐们给铁匠铺轮流挑水，一天能挑9担水。沉重的劳动使五姨留下了驼背的体态，个子也没长高。

五

艰难的日子，姥娘终于熬过来了。

1963年，我母亲从巴盟师范毕业，分到陕坝实验小学教书。父亲所在的机械厂给他们分了一间住房，因父亲是车间副主任，深受厂领导重视，父亲给姥娘也申请到了一间住房。这样，1964年冬天，母亲将姥娘和三舅接到家中一起生活。这一年，三舅10岁，开始在东二小学念书，直到小学毕业。随姥娘一同来的还有刚离异不久的五姨，一起生活了半年，经邻居介绍认识了现在的丈夫，结婚后搬出去另过了。

当时正值少年时期的二舅，相继在大舅家和三姨家生活了一段时间，然后独自一人去了磴口县的沙窝深处，与护林老人一起生活。1967年，二舅参加工作，在磴口县的巴盟财办当通讯员，仅仅工作一年半，就失去了工作。1968年冬天，19岁的二舅报名参了军，至此，历经坎坷的二舅总算是步入了阳关大道，他的春天来了。

六

父母亲和姥娘、三舅住在杭后机械厂的家属院里，家属院与厂区隔一条东西马路，家属院在路北，分东、西两区，中间隔一条小路，每片家属区有三排平房，每排有10间住房，住着10户人家。我们家住西区中间那排的第5户，姥娘和我们住一排，是东把边那户。二姨家住东区中间那排，好像是西数第2户。

这段日子，是大家很舒心的时候。

1960年以后，国家经济开始回暖，农民被允许种自留地。农民手头有了余粮，可以上街去卖，农民养的鸡呀、猪呀也允许上街卖。

1965年的春节，是个特别值得纪念的春节。那天，人们欢欢喜喜迎接大年。大年三十晚上,三舅和二姨家的锁柱哥打着灯笼出去接神了,等他们接完神回家,正好母亲生下了我。所以姥娘总说我是三舅接神接回来的神女子,有福气。

姥娘伺候我母亲坐月子,一日六餐,12个鸡蛋,把我母亲吃得白白胖胖的。母亲的奶水好,把我也喂得胖胖的,等我满三个月时,体重就达到十八斤,是标准的大胖妞。满月后,母亲就开始上班了。每天,姥娘一边照料我,一边收拾家,一边还要给全家人做两顿饭,但姥娘从来不说累。

我一周岁时,母亲给我断了奶,我便开始和姥娘三舅他们一起住。

比我年长十几岁的二媛姐,时常讲起我小时候的故事。我大概两岁吧,还没有开始记事,我很占怀,认为姥娘就是我独有的,不许别人叫。二媛姐当着我的面儿叫姥娘,我听见就不干了,嚷着,"不是你姥娘!这是我姥娘!"我搂着老人家不松手,生怕被别人抢走。姥娘给二媛姐使个眼色,让她继续叫,看看我会怎么样,二媛姐故意不停地叫着姥娘!姥娘!我一看阻止不了,就开始躺倒撒娇,边哭边喊,"是我姥娘!不是你姥娘!"边哭边闹,把两只小鞋子也蹬掉,露出两只白白胖胖的小脚丫。二媛姐稀罕地说,两只小胖脚丫真可爱!现在说起来,她依然感到那么亲。

我学会走路后,姥娘就领我出去捡料炭,一会儿也闲不住。

我很快就摸着捡料炭的门道,只要一看到机械厂大门开了，毛驴车拉着炉灰出来倾倒，我就跌跌撞撞跑回家，结结巴巴地告诉姥娘："姥娘！毛驴叫！倒炭了！"我拉着姥娘就往外跑。当然这是我长大以后，母亲常常讲起的我和姥娘的故事。

那时我一步也离不开姥娘，她走哪儿，我跟到哪儿。

姥娘经常领我去她侄儿外甥女家，有农村的，也有城里的。我也不认生，走到哪儿，就跟老人家住在哪儿，吃遍了百家饭。

七

1967年7月妹妹红霞出生，依然是姥娘伺候母亲坐月子。妹妹满月后，母亲开始上班，因工作任务繁重，母亲常常忙得抽不出空回家喂奶，所以妹妹从小身体瘦弱，但这并没有影响她的智力发育。妹妹大概10个月左右，还不会走路，就先学会说话了，见人就打招呼，见着邻居白头发的老人，就叫人家"白头奶奶"，见着年轻女性，就称"姨"。父母吵架了，她会给姥娘告状，"爸爸骂妈妈操肚肚（祖宗）"，真能乐死人。

三舅放学后，常常骑着自行车带着我和妹妹在马路上兜风。我胆子小，不敢坐后座，三舅把我放在前面大梁上坐。我能扶着车把，心里踏实。三舅把妹妹放在后座，妹妹拽着三舅的衣服，不哭也不闹，可能妹妹当时太小还不懂得害

怕。但是路人遇见了，总会愤愤不平地质问三舅，你咋不把小的（孩子）放前面，把大的（孩子）放后面？你就不怕小的（孩子）摔了？

父母家里存放着一张黑白老照片，那是1969年照的全家福，也是我记事以后的第一次照相。

相片中，姥娘头发花白，但梳理整齐挽在脑后，虽然面容饱经风霜，但目光却淡然平和。她坐在椅子上，右手抱着妹妹，妹妹坐在姥娘腿上，只见妹妹那双黑亮的眼睛，正好奇地张望着前方。我站在姥娘左侧，显得比较拘谨，左手插在裤兜里，右手半握放在姥娘腿上。母亲站在姥娘右后方，衣着得体，梳着两条中长辫子，俊美的面庞带着微笑，父亲站在我身后，高大伟岸。英姿少年三舅踩着小木凳站在姥娘的身后，我父母中间。这是我家第一张全家照。

八

1970年7月，年仅17岁的三舅在乌海市的千钢参加了工作。那时国家正在修建新地到千钢的铁路专运线，这应该是条运煤专线，大量招收工人。乌达梁家沟邻居的小伙子和三舅年纪相仿，得知这个消息后，相约一起和另外几个伙伴，从乌达梁家沟坐车到千钢，找到管委会，被接收下来。因此三舅成为了一名筑路工人。

三舅当年修的是新地到千钢这段铁路，他和工友们曾在蒙西公路南面的柳笆棚子简易住房,住了二十多天。

那时的通讯和现在相比,简直是天地之差呀。当时三姨一家正住在千钢,虽近在咫尺,姐弟俩却不相知,否则,三舅也会随三姨留在千钢了,现在也是千钢人了。

三舅在千钢工作了一个月,星期日回梁家沟家中休息。又是邻居家小伙子,打听到乌达矿务局招工,就把三舅和其他几个小伙子约上,一共10人,一起去矿务局报名。当时三舅没带户口证件,唯恐报不上名,就央求领导说,今天先给他把名报上,明天再把户口带来,招工处领导也没多问,就给三舅报上名了。第二天一早,临时班长就通知他们上班,上了半天班,三舅请假去千钢,把千钢的工作辞掉了。

1970年8月,三舅开始在乌达矿务局大修队公路连工作,也是修路工程。半年后,大舅找熟人给三舅调了工作,去土建连当了架子工。大概是当年10月份左右,姥娘从陕坝来到乌达梁家沟,也住在大舅家。因为她明白婆媳在一起住久了,难免会产生矛盾。住了不久,姥娘便四处看房子,最后在矿务局一片家属区中发现了一处有两间小平房的小院,是个人盖的,属于私有财产,花30块钱就能买下。姥娘就让大舅出了20元,她自己拿了10元钱,买下了其中的一间,然后开始和三舅在梁家沟一起生活。姥娘把我也领了过来,在梁家沟生活了一段时间。

这段时间里,给我留下了很多记忆的剪影,至今仍历历在目。

第一次随姥娘去乌达，是大舅来接我们的。那是我第一次坐火车，我们三人坐在拥挤的车厢里，记得当时光线很暗，姥娘晕车。大舅温和地注视着姥娘，轻声嘱咐姥娘闭上眼睛，睡一会儿就好了，姥娘听话地闭上眼睛睡觉，一路还算顺利。那时我还不知道晕车是怎么回事，但姥娘晕车的毛病已经遗传给了我，长大后我才有了体会。

三舅住的地方是矿区职工家属区，在一处高坡上，有多排平房小院。他住的院里面有两个单间，他住西户，小院南面还有一间小凉房，东户住着一对小夫妻。

小院门前有一条小路，往东走是下坡，坡下有条南北大马路。

我们院子东面紧邻的院里，有一位和我年岁相仿的小女孩，也是来住姥姥家的，那时成了我的好朋友。姥娘常领我去她们家串门，两位姥娘坐在家里叨啦聊天儿。我和小朋友站在院门口玩耍，我常常看着东面天空中变幻莫测的云朵出神，就像看电影一样，常常一看就是一下午。

三舅家里，靠北墙是一条大炕，靠西墙有灶台连着大炕，东墙下有一张桌子，上面放着些瓶瓶罐罐，其中一个是胡油瓶。姥娘每天擦抹着桌子和上面的瓶瓶罐罐。

在外干体力活的三舅，干活用力时，竟然把裤腰带绷断了。当时没钱换新的，姥娘把我系的小皮裤带解下来，给三舅系上。三舅刚刚能扣住，就这么凑乎了一段时间，等发了工资才买了新皮带。而我呢，姥娘给我找来一根毛线编织的绳子，系在裤子上，但是总也系不紧，时不时的，裤子就往下滑，我就得用手提提裤子。

当年，姥娘和三舅住在梁家沟，我四姑一家住在教子沟。我们经常去四姑家，去时会路过一段铁路。而且常常会遇见火车飞驰而来，那时三舅便把我抱起来，快速跨过铁轨，然后我们回头看看呼啸而过的火车，一节车厢连着一节车厢，发出"哐当""哐当"的声响。

第一次去四姑家时，大概是八月十五，四姑烙了很多月饼，月饼里面包有花生仁和青红丝，咬一口非常香甜，吃多了就觉得有些油腻，一次不能吃太多。等离开四姑家，我就开始后悔，当时怎么没有多吃点儿？现在想起来还觉得那香甜味无比诱人，那么香的月饼我还是第一次吃。姥娘烙的月饼是混糖的，没有馅。

姥娘也常常领我去明明哥和仙云姐小两口家。每次去他们家时，总赶上吃饭，他们蒸的大块红薯，又沙又甜，站在炕沿边吃着红薯，不时会感觉裤子往下滑，毛线绳总也系不紧，真让人不好意思。趁他们不注意时，我赶紧悄悄提提裤子，然后继续吃红薯。

那些年，姥娘领着我，后来是领着妹妹红霞，往返于陕坝和乌达。无论住在哪儿，她老人家总是闲不住，做的饭天天不重样，家里家外收拾得一尘不染，缝补衣服，做单鞋、棉鞋，把我和妹妹打扮得漂漂亮亮、干干净净的。

十

我上小学一年级的下半学期,我们家从机械厂家属院搬了出来。那时,我父亲作为革新能手,和另外几个革新能手以及技术员新组建了农具研究所,从机械厂院里搬出来,在陕坝的南面选了一片地方,盖了厂房和家属院,我们就搬过来了。

这次住房条件改善了,有里外两间房,里间比较大,两间都有大炕,外间有灶台,烧里外两盘炕。姥娘和我住外间,从此以后,姥娘基本上就住在我家了,偶尔也去其他子女家小住几日。

每天一放学,姥娘已经把饭做好了,等着我们吃。有时回家晚了,她会给我留着饭,用碗盛着,放在锅里热着。无论我回来多迟,饭也是热的。这个热饭的片段后来常常出现在我的梦里,我总也忘不了。

每天晚上熄灯后,姥娘就开始给我讲故事,"花椒树上结核桃,你听姥娘瞎咯嚼""从前,有个员外……",每晚,我总是伴着故事进入梦乡。

姥娘是位很有智慧的人,有一年大年三十晚上,父亲给我们姐弟三人分了各种花炮,我们一起到院子里放炮。起火花炮的捻子一点就着,"哧"的一声,飞向半空中,炸开各种焰火;"小蜜蜂"花炮点着了扔在地上,

"哧""哧""哧"不停地打转；摔炮，就需要用力摔在地面，才能"啪"地炸响。

妹妹点着一支起火炮，好久没有飞出去炸开。她想看看怎么回事，就用手撕开包裹的纸壳，还没等看清楚，就听"嘭"地一声炸开了，妹妹的脸瞬时变成黑脸。妹妹吓哭了，母亲闻声跑出来，把妹妹拉回家，准备给她洗脸，姥娘及时阻止，说："不能洗，洗了会留疤的。"姥娘迅速拿出一颗山药蛋，洗一洗，切成丝，让妹妹躺在炕上。她把山药丝均匀地敷在妹妹脸上，哄着妹妹睡觉，妹妹哼哼叽叽睡着了。

第二天早上醒来，姥娘把妹妹脸上的山药丝揭下来。众人一看，妹妹脸色粉白粉白的，完好无损，只是眉毛少了半条。母亲可高兴了，直夸姥娘把妹妹救了，要不变成疤女子，长大连对象也不好找了。

十一

那几年，二舅在外地部队当兵，1974年夏天，休探亲假回来看过一次姥娘。姥娘也以自己是军属而感到自豪，她曾领着三姨母子三人，去部队看望二舅。姥娘一行受到部队官兵的热情招待，她们参观部队营房，观看练兵，与官兵们吃住在一起。

20世纪的70年代，社会上流行不爱红装爱武装，人们的

择偶标准，首选现役军人或转业军人。当年正在当兵服役的二舅，一身军装，英姿飒爽，风华正茂，而且根正苗红，是姑娘们追求的对象。

二舅回家探亲，总会有人给他介绍对象。后院的三奶奶，就给二舅介绍了好几个对象。其中一位姓刘的姑娘，大家都看中了。这位姑娘身材高挑，容貌姣好，人也厚道、腼腆，只是文化程度低，她和二舅通信时，还得求别人代写。后来，好像是因为家庭原因而没有谈成。

1975年2月，当了六年兵的二舅从部队转业了，回来在我家陪姥娘住了一段时间，后来去临河参加工作，在巴盟工商局当职员。

三舅在乌达矿务局三处工作，而且工作稳定，姥娘也不用再过多操心了。

十二

姥娘曾有多年咳嗽的毛病，在我很小的时候，她自己熬中药喝，也熬蜂蜜药块治咳嗽，那时我常常把它当糖吃。有一次我偷吃蜂蜜药块时，失手把放蜂蜜药块的瓷罐子碰掉地打碎了，那以后姥娘再也没有熬过蜂蜜药块。

晚年的姥娘，由于多年积劳成疾，每年冬天都要受肺气肿、气管炎的困扰，不住气地咳嗽、咳痰，每天需要喝止咳糖浆。

那年冬天，姥娘病倒了，父母带老人去医院看病，住了几天院，也没有什么好办法，便回家躺着养病。

放寒假的我，天天坐在炕尾旁边的木头凳上，注视着躺在炕头的姥娘咳嗽着。她吐痰时我就把盛着水的罐头瓶捧过去，让她把痰吐进瓶里。等积累一定痰液后，我把痰倒掉，洗洗瓶子，盛点儿水接着再用。

一个冬天就这样过去了。

春节过后，家里不断有亲人过来看望姥娘。他们带来了点心、水果，但老人吃得很少，总让我去吃。

大舅、大妗也来了，他们打盆温水，姥娘仍然躺在炕上，大舅托起她的身子，给姥娘洗头。我还是第一次见躺着也能洗头的。洗完头，姥娘很满足，自言自语，"还是我的长子顶用"。

慢慢的，姥娘的脚肿了，像个馒头。她小时候曾被裹过脚，后来又放开了，但脚已变得畸形，除了大拇趾是直的，其余4个趾头，都已被裹得折断，屈曲在脚掌上了，整个脚变成锥形。

姥娘脚的大小介于正常脚和"三寸金莲"之间。就是这样一双残疾的脚，承载着她一米六几高的身体，劳作了一辈子。老人家用这双脚，丈量了从二道桥到陕坝，从陕坝到磴口，从陕坝到乌达的漫长路程，走过了漫长的艰难岁月。

我记得，姥娘曾有一双小黑皮鞋，和她的脚型吻合。她出门时，总爱穿这双鞋，亲人们也夸这鞋子漂亮。回到家，

姥娘会把小皮鞋擦得锃亮，收起来。看得出，这是老人很心爱的宝贝。

那天，二姨拿出这双小皮鞋，想给姥娘试试，但是，她的脚肿得根本穿不进去。老人摆摆手，说："把这双鞋送给杨老婆儿穿吧。"（五姨村里的邻居，年纪和姥娘相仿）。二姨又拿出一双天蓝色缎面绣花鞋，大一点，能穿上。姥娘说，"男怕穿靴，女怕戴帽"。长大后我才明白，这是什么意思。

那天晚饭后，病了好长时间的姥娘好像精神一点儿了，我便对老人家说，我要去看电影呀，没听清姥娘说什么，母亲同意我和妹妹去看电影，我们就走了。

散了电影，一进家门，就看见母亲和二姨正在给姥娘穿老衣，接着，姐妹俩放声哭起来。我明白了，姥娘去世了。我倚着门框站着，眼泪止不住地流下来，我轻声呼唤着"姥娘"。只见老人穿着新衣新鞋，静静地躺在炕上，任凭亲人哭喊，不再回应。姥娘确实走了，享年64岁。

我的爷爷郭文海

一

相传,清朝末年,太爷爷辈十八个堂兄弟结伴儿,相继从陕西神木找稍峁走西口来到内蒙古后套,并逐渐在后套的各个地区扎根,融入到当地的寻常生活中。这大概是后套最早的移民。

祖辈们离开神木找稍峁的窑洞,挑着担子,带着简单的家什,翻山越岭,长途跋涉不知多少日,走到了内蒙古与陕西交界处的鄂尔多斯高原,他们先在那里落脚。那里地广人稀,农业匮乏。祖辈们租种半砂石的干旱地,垦荒种粮,辛勤劳作多年。据说,爷爷出生在鄂尔多斯,六岁时,随他的父辈继续走西口,穿过茫茫的鄂尔多斯高原,穿过戈壁,穿过沙漠,跨过黄河,来到了"黄河百害,唯富一套"的大后套,被这八百里米粮川吸引住了。他们便在这里落地生根,繁衍生息,成了这里最早的移民。

爷爷的父辈来到后套落下脚后,垦荒种地,挖渠引水,浇灌农田,勤劳持家,逐渐在当地站稳了脚跟,并不断有神木老家的亲人前来投奔,渐渐形成了村落。爷爷居住的村落,被人们称为"郭文海圪旦",新中国成立后此地更名为南渠乡长永二队。近年乡镇合并,这里又划归三道桥镇,但在卫星地图上,仍被标识为"郭文海圪旦"。

二

爷爷幼年丧母,继母生二子一女,共兄弟三人,妹妹一人。

爷爷少年时,家境尚好,有土地数十顷,牛羊满圈。他的父辈崇尚文化,家里请了先生教书。爷爷因自幼耳朵失聪,太爷爷没有让他上私塾学文化,这是爷爷一辈子的遗憾。他帮太爷爷种地、收割、放牛。但他渴望识字,在劳作间隙,他偷偷跑到学堂窗下,用香火把窗户纸烫开一个小洞,通过小洞,看先生怎么写字,然后在外面沙土里一遍又一遍地用小树枝练字。因为他听不清先生讲什么,也就不知道他所写的字念什么。等学堂下课后,他拦住弟弟们请教,他所写的字怎么念,就这样,爷爷认识了一些字。

爷爷生性木讷,不善言辞,但性格比较倔强,因此从小没少挨打，据说耳聋与此有关。太爷爷估计也是火爆脾气，两个倔脖头，自然相处不会太融洽。二爷爷郭铁海生性聪慧，懂得迂回婉转，深受太爷爷器重，太爷爷培养他读书识字。据说二爷爷十六岁时就开始替太爷爷管家。

三

爷爷的继母嫁给太爷爷时，带着一个女儿，名叫金华，与爷爷年纪相仿，长大后，和爷爷结为夫妻，也就是人们常说的子母婆媳。这是爷爷的第一位夫人，我们的大娘娘（即奶奶）。大娘娘为爷爷生了两个女儿，即我们的大姑郭粉粉和二姑郭二粉。在大姑二姑幼年时，大娘娘不幸染上瘟疫，病逝。

四

大娘娘去世后，爷爷又续娶了第二位夫人，名叫窦粉枝。

二娘娘在世时，太爷爷给他的三个儿子和一个女儿，平分了家产。每家都有土地，牛羊等。兄弟三个各住各的地方。

爷爷虽然不善言辞，但是很有智慧。传说，爷爷一个人，没有帮手，就能把房子盖起来，现代人可能无法想像。

一个人垒墙可以，墙垒起来，檩子怎么抬上房呢？原来，爷爷是这样解决的。在他开始垒墙的时候，先把檩子放在平整好的地基上，然后垒一层坷垃，抬高一次檩子，垒一层坷垃，抬高一次檩子，一直到把墙垒起来，檩子自然就在房顶上了。更叫绝的是，连盖房顶他也不请别人。垒墙、和泥、上泥，全部一个人干。就这样，爷爷盖起了自己的住房、磨坊。当然盖羊圈、鸡窝就更不在话下了。

每年正月十五，村里的大财主出钱组织灯游会。白天是打鼓、唱曲，到了晚上就是灯游会。远近几个村里，只有爷爷会画灯游会的迷宫图。这可不是简单地画画，是设计。爷爷先在一张大麻纸上把迷宫图画好，然后在几亩地大的会场，依次插上许多个一米高的杆子，上面挂上纸灯笼，里面放着油灯，再用麻秆把这些杆子连接着围起来，形成迷宫。正中间的麻秆最高，走到最高的杆子处，相当于走了一半迷宫。村里的大人小孩，男女老少，都会去走迷宫，会走的，走进去还能走出来，不会走的，就把麻秆撞倒了。每当此时，就会引起众人哄笑，这笑声一波接一波不断传开。

爷爷善良，很少和外人争执，但是惹火了，也是个拼命三郎。传说在战乱时期，村里被抓走的壮丁，时常有逃回家乡的。有一年有两个兵痞，谎称是来抓逃兵的，来到村里，看到爷爷家境不错，就拿出证件，说他们是来抓逃兵的，并且认定爷爷就是逃兵。他们不由分说就把爷爷双手反绑起来，要把他带走。村里三娘娘（郭步公的母亲）过来求情，证明爷爷不是逃兵，这也不行。他们执意要把他抓走。爷爷急了，奋力挣脱绳索，顺手拿起院门口鸡架上的木棍，照着两个兵痞打过去，吓得他们直往外跑。后来到了乡公所，保长一看，他们拿的证件是通行证，根本就不是抓捕证，这才了事。

五

二娘娘为爷爷生了一个女儿，即四姑郭小娥。四姑三四岁时，二娘娘生儿子，产后大出血，母子双亡。爷爷眼睁睁地看着两条鲜活的生命离他而去，可他根本没有一点抢救的措施，唯有捶胸顿足。

二娘娘去世后，爷爷更加疼爱四姑了。在我小时候，四姑曾多次和我说起，小时候爷爷最亲她，从来舍不得动她一指头，家里家外谁也不能惹她，有好吃的尽她吃。爷爷在土炕上方的房梁上拴了根绳子，吊着个小篮子，里面放着吃食，只有四姑能够着。回忆起童年时光，四姑总是满脸洋溢着幸福。

六

家里没有女人持家是不行的。爷爷打里照外，又当爹又当娘总不是回事。

后来爷爷又续娶了第三位夫人。三娘娘嫁给爷爷时,是带着两个幼女一起过来的,即三姑郭大娥和五姑郭玉梅。

三娘娘陆续为爷爷生了四个儿子和一个女儿。爷爷家共十个子女,是个大家庭。待小姑出生时,大姑、二姑早已嫁人生子了,她们的几个子女都比六姑岁数大。

我父亲是爷爷四个儿子中的老三,从小长得白白胖胖,深受娘娘疼爱。父亲年幼时,每当娘娘跪在炕上扫炕,一不留神,他一下子窜到娘娘背上,当马骑,即使这样娘娘也舍不得打他。

爷爷勤劳朴实,聪明有智慧,娘娘勤俭持家,相夫教子,一大家子人生活得井然有序。他们的家产逐渐增多,院里牛羊成群,骡马满圈,共有良田约200余亩。由于几个儿子尚年幼,家里缺少劳动力,长年雇有长工、短工。爷爷把他们视为自家兄弟或子女,与他们同劳动,同吃一锅饭。该干什么活,该怎么干,都由长工自己做主。二姑就是被爷爷许配给曾给家里做长工的朱喜做媳妇儿的。

神木老家有亲戚来投奔,爷爷就拨给他们几亩地,让他们自己种地养家糊口。

虽然地里的活由长工自己做主去干,但对于儿子的教育培养,爷爷还是有主张的。到了该上学的年龄,他慷慨地拿出钱,让他的四个儿子先后去邻村的私塾念书学习,然后再去乡里的国小念小学。算起来要数大爹和小姑念书时间最长,都从初小念到高小,考到师范。父亲和二爹、四爹均念到小学四、五年级，因家道中落，才不得已辍学外出谋生。

七

娘娘由于长年辛劳，积劳成疾，患上了妇女病，反复出血，在她四十八岁那年正月初七，终于支撑不住了，丢下一大家子人撒手西去。

那年父亲十二岁，小姑只有三岁。爷爷中年丧妻，悲苦无比。办完娘娘的丧事后，爷爷把只有三岁的小姑寄养给临村的三爷爷郭季海家。

有一天傍晚，父亲回家后，惊讶地发现小妹竟然站在锅台旁，只有三岁的小姑竟然能从几里外的亲戚家找回家来，真是神了。父亲每每回忆起这段历史，眼里总是溢满了泪水，泣不成声，此情此景仿佛就在昨天。二爹郭步勋回忆起那段历史说，他只要出现在三爷爷郭季海家附近，小姑就会跑出来，哭着抱住他不放手，要回家。他不忍心丢下妹妹不管，只能领回来。爷爷的寄养计划失败了。

娘娘去世后，爷爷衰老得很快。家道衰落，生活逐渐拮据起来。

当年大姑年轻时，应该是村里的大美女吧，求婚者众多。爷爷把她许给了临村李姓财主家，大姑过上了衣食无忧的生活。娘娘去世后，大姑想方设法悄悄地接济爷爷，接济她的弟弟妹妹。其他几个成家的姑姑也尽力帮助他们。

　　五姑、三姑轮流抚养六姑，接替母亲的角色，养育六姑长大成人。待六姑该上小学时，二爹把她接回村里上学。那段时间六姑与二爹、爷爷一起生活。六姑小学毕业后，离家去陕坝奋斗中学上中学，毕业后考到师范。

八

　　那年四姑随四姑夫从陕坝搬到五原的敖勒盖图，投奔小叔子田三虎。那里有水浇地，也有旱地，光景不错。

　　四姑在敖勒盖图落脚后，感觉不错，就邀请爷爷和她的弟弟们去敖勒盖图一起生活。爷爷卖了最后的三十亩地，赶着牛车，拉家带口，去了敖勒盖图，投奔女儿。

　　爷爷在那里盖起了住房，里外二间，与四姑一家一起住。老人家又开垦了土地，开始种庄稼。二爹去陕坝侍候买卖人了，我父亲去干货铺做学徒。

　　爷爷与四姑一家共同生活了半年多，总觉得不能长期寄人篱下，随后，又赶着牛车返回郭文海圪旦。临走时，给四姑留下了两间房和一条牛。

九

　　二爹在爷爷准备回来之前，先回了郭文海圪旦。刚回来时，二爹生活无着落，同村郭根双二爹拨给他几亩地，那是减租时分的地。二爹开始种庄稼维持一家人的生活。

爷爷离开郭文海圪旦时，房子借给了亲戚住，回来后，一家人暂时借住在根双二爹家。亲戚搬走后，爷爷一家才又回到自己家居住，继续往日的生活。

十

1950年，大爹入伍离开家乡。

1951年土改，爷爷家分了30亩地，二爹替爷爷管家。生活起居，种地收割都由二爹负责。同年，二爹接小姑回村里念小学。

父亲在陕坝大转盘一家汽修厂学徒，1953年进杭后机械厂当工人。

四爹参加了国家地质队，离开家乡，一生走遍了大半个中国。

十一

叔伯五爹郭步公从朝鲜战场转业回来后，一直在村里务农。1955年成立初级农业社，五爹郭步公被当地政府任命为社长，二爹和爷爷响应号召加入了初级社，当时全村共有14户人家加入。

1957年成立高级社，全村40户人家全部加入。

1958年成立人民公社。

1958年粮食大丰收，爷爷、二爹过上了好日子。

不料，1959年社会上出现了浮夸风，人们的生活又艰难起来。

十二

到了1963年，国家经济形势逐渐好转了。公社给每户村民分了几分自留地，可以种菜，解决生活吃菜问题，而且也开始能分口粮了。但是下地劳动却不挣钱，一个工分才值几毛钱，一年劳动下来也挣不了几个钱。

有一年，生产队盖牛圈，挖土坷垃，挖下的大坑约20亩地大，荒在那里没人管。闲不住的爷爷一个人把这大坑平整了一下，拣来红柳枝子，裁成小节，一节一节地栽到大坑里。来年春天，红柳越长越多，枝繁叶茂。夏天的时候，二爹把红柳枝割下来，卖钱，补贴家用。那时心灵手巧的二爹和收红柳条的老人学会了用红柳枝编篮子，编箩头，也能卖钱。

爷爷的岁数越来越大，干不动农活了，便每天去地里转转。他偶尔还会骑自行车去陕坝街上的三儿子家住几日，或是去三大股渠东二女儿家住几日。多数时间，他是在郭文海圪旦的家中，坐在里间窗台下，一个小书桌旁，戴着老花镜，照着字典，写毛笔字。爷爷把写毛笔字的麻纸攒了一摞又一摞，放在炕头炕尾。他写字时，全神贯注。孙儿孙女屋里屋外跑进跑出、叽叽喳喳地喧闹对他没有丝毫的影响。

远在山西侯马当空军的大爹，四年回来探亲一次。走遍大半个中国的四爹也是三四年回来探亲一次。他们带着妻子儿女，回来与爷爷相聚半月十天，这是爷爷最幸福的时刻，儿孙满堂。1964年秋天的那次团聚，留下了具有历史意义的全家福大照片，照片中四个儿子和四个儿媳，三个女儿、一个女婿、三个孙子、三个外孙，围绕在爷爷身边，温馨和睦。

爷爷盼望着这四年一次的相聚。他老人家紧贴着房子西墙，垒起了上房顶的土台阶。上了房顶，他又把烟洞垒得高高的，顺着烟洞，还垒了台阶。天气晴朗的日子，他独自爬上房顶，再登上烟洞旁的土台阶，站到最高处，久久地向远方眺望，人们都说他老人家思念远方的儿子了。

高烟洞，在那个年代，曾是郭文海圪旦村的标志，十里八村都能远远地看见。那是爷爷思念远方儿子的依托。

1974年冬天，八十岁的爷爷走完了他人生的最后一程，与世长辞了。安葬时，父亲把爷爷的那几摞书法作品放在了爷爷身边，伴随他去往另一个世界。伴随爷爷长眠的，还有他的三位夫人，我们的三位娘娘，与爷爷一起合葬。爷爷的一生划上了圆满的句号。

大 爹

一

我不记得，第一次与大爹相见是个什么情景，那时我只有两三岁。后来，母亲给我讲了那天可笑的情景。那年，大爹回乡探亲，得知三弟家有我这个小侄女，急切地想见一面，抱抱我，亲亲我。我呢，生性腼腆、害羞，不敢见一身戎装的大爹，东躲西藏，捉起了迷藏。那么大的机械厂家属院，大爹哪里能找得着？我藏在了家属院的一个柴火仓里，是母亲发现后，把我拽出来，领到大爹面前，完成了这次"历史性"的见面。

从此以后，我常常盼望大爹回来，因为大爹回来，总给我们带来好多糖果，临走时还留些钱，让母亲给我们买新衣服。大爹还带我走窜亲戚家，接受众多亲戚的盛情款待。真是东家请，西家叫，大爹要连续被盛请好多天。

也就是在那时，大爹带我认识了平常很少联系的亲人，我知道了爷爷有众多的子孙后代，理解了人们常说的"飞起一群，落下一片"的含义。大爹也教我懂得了亲情是一种割舍不断的感情，无论走到天涯海角，总能连结到一起。

二

大爹名叫郭步仁，1932年出生于内蒙古杭锦后旗的郭文海圪旦村。他是爷爷的长子，上面有五个姐姐。他的出生，为爷爷家增添了男丁。而且接二连三，娘娘生了四个儿子，最后以小姑的出生完美收官。

大爹生性随爷爷，不善言辞，吃苦耐劳，又聪明好学。在爷爷的安排下，他七八岁就开始读书，起初是去邻村财主刘三虎家办的私塾学习。在那里，大爹熟读了四书五经等国学经典，然后又去乡里的国小。小学毕业后，大爹考去陕坝奋斗中学读初中。大爹没有辜负爷爷的殷切期望，读完初中，又考上了师范。

寒窗苦读的大爹，不仅仅苦读书，他还发掘出了与生俱来的音乐天赋。在师范读书期间，他自学二胡，能拉出优美的曲子，二胡为他的读书生涯增添了无穷的乐趣。他常常被学校播音室请去演奏二胡。课间休息时，校园里弥漫着悠扬

的乐曲，给学校老师和同学们简单的教学生活带来欢乐。

1950年12月，大爹读师范二年级时，保定航校招生，大爹应征入伍。同期师范学生被选中入伍的只有四人，大爹至今还记得另外三人的名字，李承第、赵秉亮、邬志恒。应征时，部队首长问他们怕不怕死？大爹思考了一下，用辩证思维的观点回答了首长的问题。他说："没有不怕死的人，且不要说人怕死，就连动物也是怕死的。但话说回来，要看怎么死，如果是为了亲人，为了人民，为了保卫国家，那时肯定不怕死，这是男儿的责任！"首长们对他的观点持有不同意见，经过商量，还是同意了他的观点，大爹被录用了。

1951年7月，又经过百里挑一，大爹被选送成为抗美援朝的后备飞行员。遗憾的是，他在体检时被查出有沙眼，结果没有学成飞行，改学机械专业。

大爹在保定航校，一如既往地刻苦学习，所学功课门门第一。全班同学共40人，毕业时，评选了两名优秀学员，他就是其中之一。

大爹作为学霸，不仅功课第一，而且多才多艺。在保定航校学习期间，他又自学了手风琴，而且演奏水平非常高，超过了学长。大爹演奏的手风琴曲目悠扬动人，成了当时保定航校的一道风景，一个标志。

大爹在保定航校学习理论课一年后，便去长春实习一年。

1953年，大爹从保定航校毕业，任排级少尉军官。毕业后,他先去锦州参加航校组建工作。

三

1953年大爹从保定航校毕业,1954年经分配来到侯马,这一待,就是一辈子。

来到侯马后,他随即参加了组建12航校的工作。他和他的机组人员在吃苦耐劳、精心、细心、勇敢、出勤率、飞机性能等各项指标的良好率均排名第一。他所在的机组立了集体三等功,受到上级表彰奖励。在接下来的日子,他们再接再厉,连年立功受奖。

1956年,大爹提前晋升中尉军官,1960年升为中队长。照此发展下去,三年晋一级,他应该能晋升到上校级别。但是,爷爷"小土地经营"的富裕中农成份,限制了他向上发展的空间。这让大爹一辈子只是个中尉军官。

军营的生活丰富多彩。除了飞行训练,时不时还有文艺活动。大爹有文化,人也长得俊美帅气,而且多才多艺,是部队不可多得的文艺才子。

就在那时,在好友的引荐下,大爹结识了身材高挑、容貌秀丽的女高中生谭慧中,他们一见倾心,互相欣赏,开始了自由恋爱。从相识、相知、相爱,于1957年1月,大爹与谭慧中走入婚姻殿堂,谭慧中成了我的大妈。

结婚后,大妈继续读高中。1958年,大妈考到江西大

学，读中文系。1959年，大爹大妈的女儿郭东霞出生了，生完女儿后，大妈又返回大学继续读书。1962年，大妈大学毕业，回侯马中学教书，1965年郭小东出生。

大爹大妈不急不躁，把日子过得浪漫温馨。他们的各种照片，半身的、全身的双人照片，一家三口，一家四口的全家照不断传回老家。他们美满的婚姻生活过成了众兄弟姊妹的榜样。

过好自己小日子的同时，大爹没有忘记远在家乡的父亲和兄弟姊妹。他尽力接济父亲，关注弟弟妹妹的成长，也尽力对他们提供物质帮助和精神鼓励。小姑常常说起，她现在的名字"郭晓林"还是大爹给她起的。那时小姑在奋斗中学上初中，遇上点小麻烦，班里有两个同名同姓的"郭秀英"，不好区分，她们常常取错信件或记错成绩。小姑就让远在外地的大哥给她重起一个名字。大爹是饱读"四书五经"的，国学文化底蕴非常深厚。经过一番考证，他为小姑起了"郭晓林"这个名字，意为拂晓的树林朝气蓬勃。小姑愉快地接受了这个名字，从此就使用这个名字。

四

1979年，大爹转业到侯马地方。

大爹转业后，先被分配到一家汽修厂，担任车间党支部书记。一年后侯马市知青办成立了劳动服务公司，派大爹负责管理。这是一家汽车配件销售公司（即商店）。1992年，山西省运输公司合并了这家劳动服务公司，属于县处级的公司。

那年，成都某部队有一大批军用汽车配件要处理。大爹打听到这个消息，认为赚钱的机会来了。他冒着风险，以4万元低价买进了价值二三十万元的汽车配件，又派人跑销售业务，销售出去有提成，所以销售员愿意干。就这样，大爹为劳动服务公司赚了一百万。因为经济效益好，劳动服务公司被评为侯马市的先进单位，大爹也被评为先进工作者。以后呢，大爹连续11年被评为先进工作者。大爹到了该退休的年龄，公司挽留他不让退休，最后延迟了二年才得以退休。退休时，公司又给大爹加了一级工资。

大爹给公司赚了钱，自己也得到了应得的报酬。大爹在旧住处，盖起了一座小二楼，改善了一家人的居住环境。

五

大爹的中年，经历了痛失爱子的重创。

大爹的儿子小东，与其他男孩儿一样，每到夏天，酷爱耍水、游泳。

那是1976年的夏天，孩子溺水身亡的事件时有发生。大爹大妈严格控制小东私自出去游泳。那天中午饭后，大妈督促小东上床睡觉，然后大爹、大妈睡午觉去了。他们还没睡

醒，噩耗就传来了，小东溺水身亡。众人紧急抢救，将小东送至医院，但救治无效，十二岁的小东夭折了。大爹大妈仿佛觉得天快要塌了，他们的心在滴血。

整个郭家的兄弟姊妹们都被这噩耗震惊了。大家都替大爹捏着一把汗，担心大爹、大妈承受不了这个打击。我父亲和六姑一起去侯马看望了大爹大妈，指望能分担他们的悲伤，鼓励他们早日振作起来。二爹和四爹每家都有三个儿子，都急着要把自己的儿子分一个过继给大爹当儿子。他们让大爹大妈挑选，看哪一个最合适。

四爹四妈想把三岁的小儿子送过去给大爹大妈当儿子，四妈说，孩子小好培养感情，但是大妈觉得自己的身体状况不是很好，带小孩子已经力不从心了。二爹二妈则把14岁的老二郭柱和12岁的老三交给大爹大妈选择，大爹大妈选择了与小东同岁的小三儿，起名为郭东山。郭东山性格与小东相仿，憨憨的，不多言语，这其实也是大爹的性格。

二爹亲自将郭东山送到侯马大爹家，并在大爹家陪着三儿住了一段时间。

有了郭东山和郭东霞的陪伴，大爹大妈逐渐从悲伤中缓了过来，渐渐恢复了往日的生活。

大爹大妈继续培养郭东霞、郭东山上学念书。

郭东霞从学校毕业后，把自己的爱好与职业结合起来了，去国营照相馆当了摄影师。多年后，郭东霞又不满足于国营照相馆的低工资，自己开了家照相馆，把生意做得红红火火的。以后，郭东霞又不断受不同爱好的吸引，不停地创业，转换职业，而且乐此不疲。

郭东山呢，毕业后考到侯马市工商局，当起公务员了。他30年如一日，兢兢业业从小公务员熬到了副局长，但依然是满头黑发。

上世纪80年代初，郭东霞找到如意郎君张德泰。张德泰也是侯马空军机场的机械师，与大爹职业相同，颇有共同话题。郭东霞与张德泰结婚后喜得贵子张元。张元的出生，给大爹大妈的生活平添了无限的欢乐，新生命的降临，使得家里又繁忙起来了。

八十年代末，郭东山与蔡军喜结良缘，1990年让大爹大妈抱上了大胖孙女。至此，大爹大妈真是儿孙绕膝，享不尽的天伦之乐啊。

六

1990年，大妈的风心病到了需要做手术的时候，大爹和郭东山、郭东霞陪大妈去了北京的大医院，在那里，医生为大妈成功地做了心脏二尖瓣换瓣手术。术后，大妈的身体状况又好了起来。1992年，大妈又在太原大医院做了心脏瓣膜扩张术。接下来的日子，大妈每天吃药，定期到医院复查，该旅游就去旅游，该回老家探亲就回老家。就这样，大妈带着金属心脏瓣膜又生活了14年。

2004年，大妈的病情反复加重，在大爹和郭东霞、郭东山的多日陪护下，终因医治无效，大妈静静地合上了双眼，了无遗憾，离开了热爱她的丈夫和热爱她的子女们。大妈享年68岁，但却是当地风心病患者中最长寿的病人。

七

大爹的晚年，在保姆的陪伴下，静静地享受着生活。郭东霞住在大爹楼上，每天出门时或回家时，都要推开二楼大爹家门去看看大爹。郭东山住得也不远，三五分钟的路程，三两天去看大爹一趟。有事了，大爹一打电话，随叫随到，各自分开生活，相安无事。

大爹的文人气质很浓，喜欢养花种草，他住二楼，一楼是门脸儿，延伸出去，所以大爹多出一个"小院"——露天大阳台，他把这个"小院"设置成了花园。大小花盆依次三三两两摆满了"花园"。春天来了，各种花儿相继开放，争香斗艳，一直开到初冬。大爹为他的花儿们浇水、施肥、换土，忙得不亦乐乎。

大爹生活非常有规律，多年的军旅生涯，已养成了良好的作息习惯，每日早睡早起，一日三餐一顿不少，中午要吃半碗肉，喝一小杯酒，晚饭则清淡少食；每天早晨起床后，要在家里做一套自编的保健操，锻炼身体；上下午要下楼活动，晚上看电视。

八

多年前，大爹曾向我表达过他有一个愿望，在老家祖坟的北面立一块大石碑，以纪念祖辈，我和父亲能理解一个少小离家的游子的赤子之心。近几年，我和父亲又把大爹的心愿延伸了一下，先在村里立了一块纪念爷爷的石碑，题名"郭文海圪旦"；然后又为祖坟里的各个坟头分别立了小石碑，刻上名字；再后又在祖坟北面放置了大石头，摆成石头景观，刻上宏扬祖先文化的词句。每一个过程，我们都向大爹汇报情况，大爹很欣慰。

大爹的生活依然照旧，只是感觉双腿无力，行走时有点吃力，其余生活都能自理。他希望，2019年腿好点儿后，再回一趟老家，我们也都期待着再次聚会。

九

2021年春节过后，大爹打电话给我，说等今年天气暖和的时候，大概五六月，他想回老家一趟。我和父亲商量了几次，大爹这次回乡，如何安排人员护送的事宜。

不料，3月下旬，大爹感冒呕吐，误吸入肺，导致肺炎。大爹住在ICU监护室救治20余天，于2021年4月3日晚6时去世，4月7日安葬在侯马云龙山公墓，与大妈合葬。

二 爹

二爹是个普通人，但不乏出众之处。

虽说他学历不高，连私塾带小学，加起来，满打满算也就是三年的学历。但二爹天性聪颖，善于观察，好琢磨。因此天文、地理、历史、人文，甚至风水等等，二爹都能说出些门道。

二爹是个心灵手巧的人，对于农活、木工、石刻、手工艺、机械修理、土建、厨艺也是样样精通。

更令人佩服的是，年轻时的二爹还是个文艺青年呢。他会拉四胡、会吹笛，而且都是自学成才，无师自通。

难怪人们常说，民间出高手。二爹这个普通人呀，真还是个人才！

一

　　当初，二爹来到这人世间的方式有点儿特别，但在那个年代，可能是很平常的事。

　　1934年7月18日（农历），怀有身孕，即将临产的娘娘（奶奶）还在不停地忙碌着，收拾牛圈时，突然感到一阵腹痛，接着就破水了，然后腹痛一阵紧似一阵，娘娘蹲在牛圈动弹不了。经过多次生产的娘娘产道通畅，没等疼痛几个回合，也没有来得及请接生婆，一个男婴就呱呱坠地，就是二爹郭步勋。

　　二爹回忆说，他小时候蹲在地上玩耍久了，每当往起站时，便会无端地放声大哭，现在回想起来，可能是腰痛导致大哭，而腰痛的原因估计是他出生时，在牛圈受潮，受凉留下的后遗症。

　　二爹八岁那年冬天，受爷爷指派，领着三弟，就是我父亲，一起去邻村地主刘三虎家念了三个月私塾，10岁那年冬天，又去念了3个月。后来，兄弟俩去乡里国小念小学，二爹上国小时，没从一年级开始学起，老师直接让他上四年级。其实二爹在私塾只学过四书五经等国学课程，还没有学过数学。来到国小后直接上四年级课程，他常常是语文考试满分，数学这个对他来说很陌生的科目成绩总是零分。

　　二爹的学历，连私塾带国小，加起来也就是三年，但在

那个年代已经是有点文化的人了。

后来,由于家境破落,少年二爹辍学,经人介绍,去了陕坝街上,在买卖人家里当学徒,伺候人。那时的学徒需要给当家的提茶、倒水,有时候买卖人家里有客人来玩耍,很晚才散,小学徒也得伺候这些人。

有一次,夜深了,家里玩耍的客人还没散,当时二爹只是个十几岁的孩子,困得实在熬不住,坐在外屋睡着了。主人喊他提壶倒茶,睡得蒙蒙盹盹的二爹,错听成提夜壶,去外面提了夜壶来到客厅,主人发现不对劲,就喊:"小鬼!怎么提夜壶倒茶了?"一句话,把一帮人笑晕了,随即散了场。

说起少年二爹的睡功,也是很了不得的。有一次黑夜遛马,二爹拉着马的缰绳,缠在手腕上,遛着遛着,开始打盹了,等到遛回主人家时,马不见了,只剩下二爹一人。二爹这才惊醒,发现遛马遛得竟然把马丢了,这可不得了。因为这事二爹被主人解雇了,不过结局还算不错,过后不久,马又被找到了。

后来,二爹又经人介绍,去了第二家做买卖的人家。这家的学徒有好几个,都是年龄相仿的少年,这就不免会磕碰一下。有一天少年二爹和小伙伴打了一架,这一架打的,又被解雇了。

1949年正月,二爹去了三姑夫的哥哥家做学徒,干到年底时,这家人的买卖塌了,他又失业了。

那时候，只有十几岁的二爹却是个有心人。在做学徒的这几年里，他在伺候客人时，客人少不了给些零花钱。二爹就用这些零花钱买来麻纸、毛笔和墨汁，找有文化的人给他写张仿影子，照着练字。二爹还跟着账房先生学算盘，学习称重，学习丈量土地；也和买卖人学会了如何接人待物，学会了诙谐幽默的谈吐方式。在人来人往中，二爹学到了丰富的人文知识。在这个社会大学堂里，学得的社会知识成了二爹生命里不可或缺的一部分。

二

1950年冬天，当大爹从巴盟师范被录取到保定航校，参军入伍后。二爹也心动了，他也报名参军，在三道桥集训了三个月，还没等穿上军装，就被解散了，继续回乡种地。

二爹在村里算是见过世面，有点文化的人。村书记经常请他帮忙写写算算，当二爹也算不来的时候，就去请教过去的小地主。

二爹很乐意和有文化的人打交道，每当乡里分配来了大学生，他总是谦虚地向他们请教自己积攒下的问题。凡是能见到的报纸、书籍，二爹都要拿来看看。

从初级社到高级社，一直到人民公社，二爹一直担任社里的会计。曾经有人怀疑他贪污，他的会计职务被撤销了。但是选来选去，试来试去，村里真还没有更合适的人能够胜

任会计职务。最后，村里不得不又重新启用二爹当会计，就这样，他一直干到1975年离开农村。

二爹在村里，不仅仅是会计。年轻时的二爹思想很超前，从科技报上看到农产品改良的报道，便动了心，思谋着自己也尝试一下。他开始照猫画虎，给西瓜秧子上打针进行改良，想让西瓜长得大一点，结果没成功。

二爹又看到一则新技术报道，随即心动了，便试着给鸡蛋注射鹅蛋清，想孵出更大的鸡儿，结果也没成功。

不知是操作方法不对，还是理论设计有缺陷，总之，二爹的科学试验都没有成功。

虽然科学试验没成功，但二爹打针注射的水平确实练熟了。他不仅仅给瓜秧子打针，给鸡蛋打针，后来也开始给人打针。

给人打针？谁敢让他打呢？

是这么回事儿。村医给村民看病打针，二爹在旁边看看，就学会了。再后来，村医给村民看完病留下药就去下一家了，而让二爹代劳给村民打针，就是肌肉注射。

到了秋后，冬天农闲的时候，村里的年轻人聚在一起组织文艺活动，一般是演唱二人台曲目，如走西口、打金钱、尼姑思凡等等。二爹充当乐队的角色，拉四胡、吹笛子。你可别说，他们的演出还是很受欢迎的。

三

那年,经人介绍,二爹认识了杭后小召乡的闫翠英姑娘。姑娘比二爹小五岁,长得身材高挑,人也憨厚,而且是个劳动能手。

1957年,闫翠英与二爹喜结连理,成了我二妈。

二妈的到来,使这个多年没有女主人的家庭,从此有了家的温馨。

1958年,全村人都加入了人民公社,成为社员。

社员们统一出工,统一下地劳动,统一淌水,统一播种,统一收割庄稼,统一晒麦,统一扬场,统一交公粮,劳动记工分,年底分红。可是大家收入并不多。

日子虽然过得紧巴,但还是有幸福可言的。1958年,二爹的第一个孩子出生了,是个女儿,起名叫梨云。

这是爷爷的第一个孙女,梨云的降生,让全家人高兴的不得了。众人把这个女孩儿当宝贝疙瘩,爷爷亲,姑姑爱,爹爹疼。

梨云这孩子,聪明伶俐,小小年纪就特别懂事、仁义,见人就会称呼叔叔、大爷,特别招人喜欢。

梨云长到六岁时,不幸患了淋巴瘤。二爹变卖家产,抱着孩子到处看病,兄弟们也凑钱,给孩子看病。可是呀,孩子还是病得越来越重,胳膊腿儿细细的,只剩下个鼓胀的大

肚子。最后,孩子不哭不闹,无限留恋地闭上了那双大眼睛,离开了疼爱她的爹妈。孩子的夭折,让众人痛惜不已。好在那时,二爹二妈的两个儿子已经出生,家里还不至过于凄凉,二爹二妈心灵上也还有些寄托。

四

七十年代初期,五姑的大儿子高建忠在乌拉特后旗公安局派出所当所长。1974年,高建忠想办法把二爹一家的户口从杭后南渠农村迁到后旗的青山镇。

起初二爹独自一人从农村出来打工。二爹曾在临河的食堂做过饭,也曾赶着毛驴车去海渤湾打工,二妈则在农村家里领着几个孩子干农活。爷爷被渠东二姑接到家里住了一段时间。这年冬天,爷爷在二姑家病倒了,经过简单医治,仍不见效。一天晚上,二姑的儿子看见爷爷呼吸不畅,估计爷爷要离开的时间不会太久了,他们连夜把爷爷抬着送回二爹家。到家后不久,爷爷就闭上了眼睛,离开人世。

二爹接到爷爷去世的通知,连夜从外地赶回家,与众兄弟姊妹一起料理了爷爷的后事。

过罢年,二爹一家从杭后南渠搬到了后旗青山镇,终于脱离了农村,开始了城镇生活。

五

初到青山镇时，二爹去了一家综合厂，当负责人兼会计。二妈不识字，在家洗衣做饭，种院里的小菜园，招呼儿女上学。

二爹带领综合厂的工人干了几年，积累了丰富的经验技术。后来厂子解散，他便在自己家里开了修理车间，修理各类车辆，包括汽车、拖拉机、家用车、自行车，维持着一家人的生活。

1976年夏天，大爹遭遇了丧子之痛。二爹、二妈毫不犹豫地决定把自己的二儿子或三儿子过继给大爹做儿子。

和大爹商量后，二爹确定了把十二岁的三儿子郭东山过继给大爹。二爹放下手里的活计，亲自领着三三来到山西侯马大爹家，住了半个多月，陪三三熟悉环境。

二爹回青山后，继续着往日的修理工作。

日子就这么一天天过去了，孩子们陆续长大，出去工作了。数年后，大儿子、二儿子先后成家，生子。二妈开始哄孙子，接连哄了三个孙子、孙女。

女儿郭永霞高中辍学后来到临河六姑家，安排了工作，找了对象，也成家生子。

二爹的年岁渐大，修理车间的营生也渐渐稀少了。

六

2003年，在儿女们的一再要求下，二爹二妈恋恋不舍地从后旗青山镇，搬到了临河，住在大儿子腾出来的平房小院里，开始了晚年生活。

二妈在中年时就发现了糖尿病，一直吃药治疗，血糖控制不稳定，逐渐出现了并发症。晚年时，二妈又出现老年痴呆症，并渐渐加重。

少年夫妻老来伴，二爹成了二妈的保姆、厨师、家庭医生和护士。

日复一日，年复一年，二爹伺候二妈十年。2012年冬天的一个凌晨，二妈在睡梦中离开了人世，可谓"好回首"。

二妈走了以后，二爹的生活秩序被打乱了，一时竟感觉无所适从。怎么办？二爹说成甚也不想在平房小院里独自生活了，儿子女儿都想接他到家里一起生活。二爹很倔强，谁家也不去。其实二爹是不愿给儿女添麻烦，所以他执意要去养老院生活。劝说无效，儿子便把二爹送到了养老院，让他先试一段时间，如果不适应的话，再回家里住。

二爹就这样开始了养老院的生活。

养老院也有不尽人意的地方，当然二爹也不是盏省油的灯！这不，才几年时间，从临河到后旗青山镇，就有三家养老院被二爹炒掉了，目前第四家养老院被炒掉的时间也指日可待。

　　二爷虽然老了，活得却毫不含糊，要认认真真过好每一天。

三女子

"三女子……"

"三女子是谁?"我凝神静气,侧耳细听,二爹正在给我父亲讲他不久前的一桩偶遇。

二爹说:"我在养老院碰见一位老太太,看着特别眼熟,对方似乎也看着我眼熟。"思考片刻,两人几乎同时认出了对方:"你是……?""我是……"。

几十年没见面,那天偶然碰见,居然都还能认出对方。

二爹说,那人是三女子,是大爹的童养媳。

父亲想了想说:"我也记得小时候确实有这么回事。"

大爹在童年时曾经有过一个童养媳,这件早已被尘封的往事,在半个多世纪后又被重新记起。

是悲?是喜?

二爹给我讲起了那段故事。

大爹八岁的时候,爷爷为他收留了一个童养媳,名字叫三女子。

那天,同样也是八岁的小女孩,骑着马被人领到爷爷家。听见路上有人和马的喧嚷声,大爹和他的三个弟弟都跑出去看热闹。当时他的三弟、四弟大概都还光着腚,跑出院外希罕地看着路上的来人。

就在这时,有人告诉大爹一个秘密,说骑马的那个女孩子就是给他说的童养媳。大爹一听,立刻羞红脸,忙不迭地躲起来,不再露面。其实,当时大爹是看了三女子一眼的,但没说一句话。

至此以后,三女子便成了爷爷家的一员,相当于众多子女中的一个。

以前,我对童养媳的印象都来自小说中,不曾想,家族中也有这样的故事。只是这个信息来得有些突然,无论如何我也想象不出,三女子这么小的年纪,为什么要送给人家当童养媳呢?难道她是遇到什么天灾人祸?听长辈们断断续续的回忆,真还是那样。

女孩八岁时,村里传染瘟疫,她的母亲不幸去世了,父亲无力抚养她,便托人寻到爷爷家。爷爷答应把这苦命的三女子收留回来,给大爹做童养媳。

那时,四姑、五姑都还没有出嫁,在家中与三女子以姊妹相待。

年幼的三女子也知道她是我大爹的童养媳，并且认定了这一事实。

不知何故，虽然在一个大家庭里生活多年，大爹竟然从来没有同三女子说过一句话，不知是大爹生性木讷，不善言语？或是他根本就不愿意讲话，我也无从知晓。

我只知大爹十几岁时就离开村庄，外出读书，读了初中，又考中师范，紧接着又被保定航校录取，入伍参加了解放军，并且准备去参加抗美援朝。至此，大爹离家乡越来越远，再以后，回家的机会便更少了。

而三女子呢，来到爷爷家这个陌生环境，起初不知如何是好，也就不太容易融入这个家庭。可以想象得出，三女子在这个家庭里，磕磕碰碰在所难免。在那些日子里，三女子有时会受到娘娘的呵斥，甚至打骂。有一次，她想家想得厉害，一个人偷偷跑回已失去母亲的家，爷爷听到消息后，又去把她找了回来。

等三女子长到十几岁时，爷爷娘娘一眼看下大爹是不会再回家乡了，只会越走越远，考虑再三，便将三女子娉给了一户贾姓人家，大约是收了人家的彩礼钱。

谁知，三女子在贾家只生活了半年多，就离家出走了，独自一人流落异乡。在那些岁月里，这个孤女子究竟吃了多少苦，受了多少难，或许只有她自己知道。现在，谁也不忍问及那段历史，不忍再次揭开那道疤痕累累的伤口，让饱含屈辱的鲜血渗出一星半点。

岁月在流逝，苦难终究掩饰不住青春年华的勃勃生机，更遮挡不住洋溢着鲜花的芬芳。在青春的季节，遇上爱情，是再合理不过的事情。青春阳光的三女子，被一个国民党军的师长看中纳为妾，二十岁的三女子做了师长的姨太太。

就这样，三女子跟随师长，开始了军营生活。可以想象得到，随军生活自有不同于普通老百姓的生活。正值青春年华的三女子，跟随师长很快学会了骑马。军营里的其他随军太太们，每天除了打打麻将，有时也会骑马奔驰。同是年轻人的三女子很快和她们熟络起来，不久便融入了这个群体，开始和她们一起活动。这些女人不甘平凡，自行组织骑马比赛，看谁的马跑得最快。这时三女子总会大显伸手，她的骑马技术非常高超，什么样的马都能驯服，都敢骑。所以，在这群女子中她常常获胜。

两年以后，这个国民党军官被枪毙，三女子被遣送原籍。

土改时划定个人成分，当地政府要给三女子定成军阀家属成分。可想而知，如果接受了，日后她不知会遇到什么不测。她自己打定主意，坚决不服从这个定论。她说："法律规定，夫妻双方共同生活三年以上者，才能确定为家属成分，而我只与他共同生活了两年，还够不上家属成分，政府不能给我定这个成分。"最终，这个军阀家属成分没有给她定上，地方政府按照家庭来源，给她定了个贫农成分。

后来，三女子又嫁了一个姓郭的男人，这个男人已丧妻

多年，带着一儿一女。她的日子就这样过了下来。

三女子一生没有生育，她把继子女视如己出，孩子们也把她当作亲娘。

孩子们一个个长大了，成家立业了，三女子也老了。

十几年前，三女子不幸患了直肠癌，做了大手术，生命受到了考验。后来她又恢复了健康，仍然顽强地生活着。等到我们见三女子时，她的丈夫已经去世好几年了，她住进了养老院，儿媳管理她的财产，一家人还是过得和和气气的。

那段时间，我们正在筹划着家族大聚会。大爹在子女和外孙的陪同下，从山西侯马赶回家乡。那时大妈已经去世十多年了。

当二爹向众亲人透露这个消息时，大家都非常激动，想着如何才能让八十三岁的大爹和他曾经的童养媳见上一面。那将是一个多么令人激动的场面啊。但是谁也不知道两位老人是否愿意见面。

我问及大爹的意愿，大爹点头首肯。

我和父亲、二爹、五姑、六姑便先去探望了被我称作大妈的这位老人。一见面，大家竟然一见如故，聊得非常开心，长辈们聊起了许多当年的往事，当年的情景，仿佛历历在目。父亲因过去爷爷娘娘有过对三女子的打骂行为而感到内疚，并表示歉意。而大妈却表现得心平气和，没有一丝怨恨，只是说，过去就是那么个社会，谁也怨不着，都是那样过来的。

她的宽宏大量，让人倍感亲切。我仔细端详着老人，只见她一脸平静，但目光坚毅，想必是岁月的沧桑造就了她能够拥有这与众不同的面容。

最后，我们将想让两位老人见面的想法说给老人，征求她的意见。老人非常爽快，表示愿意同大爹见面，但我们不知她的继子女愿不愿意。

我们征求大妈继子女的意见，同时也征求大爹女儿东霞的意见，双方都表示同意。

这样，我们决定把大妈从养老院接出来，与大爹见上一面。

那天晚饭后，我和父母亲去养老院接上大妈，来到大爹住的宾馆。

大爹坐在轮椅上，静静地等候着大妈的到来，大妈步履缓慢迈进屋去，一眼便认出坐在轮椅上的大爹，并唤出了名字。大爹很惊讶，脱口也说出了大妈的名字。想必，双方心里都有过彼此的印象。

两位老人远远地伸出双手，走近时，两双手紧紧握在一起，久久没有松开，也久久没有开口讲话，他们面对面坐着。

这是他们第一次握手，也是最后一次握手。

说起来，这还是大爹和大妈的第一次对话。

大妈说起，当年大爹在陕坝读师范时，她已是那个国民党的姨太太了。他们俩人曾在陕坝街头相遇，大妈欲上前和

大爹打招呼，大爹也是只看她一眼，低了头没有作声。那是半个世纪以前的事了。

大妈又说，她想邀请大爹在家乡住上一段时间，和她一起住在养老院里。

大爹表示有困难，自己行动不方便，孩子们都在山西侯马，不方便照料他。

断断续续，他们说了半个多小时。我想，就是说上一晚上的话，他们也不会说完的，半个多世纪的事情，一时半会儿怎能说完？我唯恐养老院夜间锁门，不方便进去，便不无遗憾地结束了这场世纪会面，和父亲一起将大妈送回了养老院。

我想，此次相见，或许两位老人都能为对方画上一个圆满的句号了，多少也能减少一些彼此的遗憾。

后来，逢年过节时，我和父亲去养老院看望过大妈两次。大妈和我要了大爹的电话号码。

再后来，大妈被家人接回二十五里桥的家中，由孙子侍候养老。

2017年2月，大妈在家中安然去世，享年85岁。

老人有个很优雅的名字，叫刘艳芳。

知青李二毛

那天,我在医院遇见了二毛姐的知青战友二俊,她是我参加工作后的第一任师傅。她一见面就问:李二毛现在怎样了?身体还好吧,哪天约在一起坐坐。二毛姐的知青战友们总是忘不了她。

李二毛是二姨的女儿,比我大七岁。我的母亲结婚后还在上学,所以一直没有生育,但是父母亲都非常喜欢小孩子。那时候二毛白白胖胖的,用河套土话形容,就是"花眉森眼"的很讨人喜欢。我母亲常常把二毛打扮得漂漂亮亮,领她看戏看电影。

当时父母很想领养二毛,但二姨夫怎么也舍不得,这事便没做成。

那是在1975年,二毛初中毕业,一场知识青年上山下乡的政治运动,已从大城市蔓延到了边陲小城陕坝。当时二姨

家最大的孩子锁柱,已经参加工作,二毛和大毛待业在家,她们中间必须有一人下乡劳动,一人才能留城工作。

小小年纪就面临了决定自己命运的时刻,而且这中间存在棱角分明的残酷与无情。但此时最难过的却是二姨,两个孩子都是自己的亲骨肉,并无亲疏之分。她只能选择悄悄地离开,远远地等待一个结果。

漫长而又难堪的沉默之后,二毛说:我下乡吧。

一个可能会争吵的难题,就此解决了。二姨的目光久久地停留在二毛身上。这个敦厚的孩子,她愿意去乡下受苦,把留在城里工作的机会让给姐姐。

6月15日的天空特别高远,陕坝大街上锣鼓喧天,歌声嘹亮,欢送知青们下乡。17岁的二毛芳华正茂,她胸前佩戴着鲜艳的大红花,肩头斜挎着黄色的军用包。此时,她在我的眼里,是整个知青队伍里最青春美丽的、最英姿飒爽的,也是她至今留给我最深刻的印象。

激情四射的动员大会结束了,知青们坐满大卡车,一路向北,伴随着全程的尘土飞扬,来到了杭锦后旗的知青农场,开始了她们此生中最花香四溢的青春时光。

青春,一个在书本中永远闪光的词汇,二毛把它写在这个农场里了。后来在很多的著作里,都把知青岁月写成"苦乐年华"。

杭锦后旗知青农场位于阴山脚下,归属沙海公社新胜大队。它的前身是五七干校,改造"右派"分子的地方。待到右派分子落实政策回到原籍，这里就空了。而后历史的笔墨又书写在知识青年上山下乡的这一页，旗政府便把五七干校重新利用起来了。

刚到农场时，二毛稚嫩的双手连锄头也握不住，更不要说锄地了。但时间可以改变世间的一切，包括二毛的手，二毛的身体和意志，所以后来她什么农活都能干。

自力更生是永恒的人生信条。头一年知青们每天吃玉米面窝头、喝玉米面糊糊。但是第二年，她们收获了自己种的麦子和蔬菜，饭桌上就能常见到白面馒头和各种炒菜了。知青们亲身体验了自食其力和自给自足。其后她们还在农场里养了20多头猪。二毛曾快乐地告诉我，她还放过猪，得到了一段"猪倌"经历。她说农场很大啊，放猪是一件惬意的事。猪们可以自由自在地在泥滩里找食吃，只要不祸害到附近的庄稼就行。它们甚至可以吃到泥鳅，所以个个膘满肉肥。

然而，猪毕竟是谈不到智商的动物，所以猪倌也没那么好当。早上放猪很容易，晚上把它们赶回圈里却很难，猪们跑在泥滩里，猪倌也得跟进去往外赶，这个过程至少需要半个小时。现在回想，二毛在中年时期患上了类风湿关节炎，很可能是泡在泥滩里种下的病根。

与二毛姐一批去农场的知青有几十个，年龄相近，又都有文化。干完农活后，大家便会洗洗涮涮，褪去了一天的疲劳，就开始吹拉弹唱、跳舞打球。"苦乐年华"确实是知青

生活的真实写照。

那时我正在读小学，等到放暑假，就和三毛相跟上去农场看二毛，还会住几天。这样我就和知青姐姐们熟悉了。

知青农场是"铁打的营盘、流水的兵"，每年都有新人来，也有旧人去。离开者或返城工作，或被推荐上大学。

1976年，大批知青开始返城，国家也恢复了中断十年的高考制度，给知青们提供了深造和就业的机会。

1979年冬天，农场彻底冷清下来，知青们基本走光了，只剩下五六个人，却迟迟没有单位接收。知青办领导着急了，一狠心将他们一鞭子吆回城里，将农场大门上了锁。这一鞭子里包括二毛。至此，她长达5年的知青岁月，随着上山下乡运动的戛然而止，也画上句号。

领导将几位知青领到了父母所在的工作单位，要求单位领导无条件接收。二姨父是机械厂工人，这个单位并不愿意接收人员。二姨和二姨父也去央求领导，二毛才被安置在铸工车间，做一些清砂、烧窑的工作。命运开了个玩笑，二毛便从下乡知青变成了车间工人。

二毛姐也曾想通过高考这条羊肠小道，去解决自己的就业问题。她买了一套复习资料，试着参加了一次高考，也落榜了。素有自知之明的二毛便认定自己不是读书的那块料，从此放弃了高考计划。

那时，机械厂家属院里随处可见子弟兵，谁家没有五六个孩子呀？单位根本没有那么多的工作岗位。于是厂里建了

"大集体"，专门安置待业青年。二毛又被调到大集体的财会室当了出纳。

所谓的"大集体"也就有几个门市部，出售农具配件、修理农机器件，此外还有一间理发室、一间食品门市部。

二毛姐长得漂亮，性情又乐观厚道，所以一直都有众多的追求者。但在二毛的心底，却始终保留着对农场知青郭庭柱的美好印象。他们之间互有好感，只是没有说破。回城后，郭庭柱即托人来二姨家提亲。

二姨却对这门亲事不甚满意。她评价郭庭柱"三才没一才"，二姨虽是文盲，但"损人"的水平不可小觑，往往一句话置人于绝地。

二毛经历了5年知青生活的独立自主，性格更加刚毅。她坚持与郭庭柱订婚了，二姨的不满最后归零。1981年正月，在轰轰烈烈的订婚现场，婆家推来了永久牌自行车、英格表、亮面皮鞋以及两身"灯芯绒"新衣。此系列在那个年代，已足够标配。

郭庭柱的父亲曾在公私合营后的中心商店做管理。郭庭柱回城后，就去店里当了售货员。兄弟五个，郭庭柱是老四。后来他父亲生病在家，母亲也没有工作。他们家的经济状况跟二姨家比起来，也好不到哪儿去，要说也是门当户对了。

二毛和郭庭柱结婚后，次年生下了儿子龙龙。由于生活

压力,郭庭柱渐渐不甘心挣那几个死工资,随后便停薪留职,下海弄潮去了。他先是跟着大哥去乌达跑长途拉煤,为了多一些收入,又当司机又当装卸工,这样地过了两年,存下了一些辛苦钱。他自幼就有气管炎的毛病,这两年跑车拉煤,劳动强度大,再加上煤尘污染,致使气管炎加重,后来发展成肺气肿乃至肺心病,这是慢支肺气肿的自然结局。

那些年里,二毛一直挤出时间来,帮二姨在市场里摆摊卖服装以及去外地进货。她往返都买硬座车票,途中啃干烙饼,就红腌菜,从无半句怨言。

命运的转机,往往就隐藏在不经意的拐角之间,其后郭庭柱一连越过了人生三部曲:被调到新组建的二运公司当了调度员,任命为二运办公室主任,提拔成二运公司的副经理。

至此,这个"三才没一才"的女婿,终于混出了"大才"的模样。此后,二姨家的大凡小事都要这个女婿出面去解决。郭庭柱一时间成了二姨家的坚强后盾,也令二毛感到十分的荣耀。

90年代初,二运公司集资盖了三栋家属楼,就在公司靠近马路的地方。郭庭柱也分了一套在三楼的住房。靠着那两年跑车拉煤存下的钱,二毛又筹借了一些钱,交清了集资款。一家人欢欢喜喜地住进楼房。

那时的二毛对眼前的幸福生活感到非常满足。她走到哪里，笑声带到哪里。

二毛的幸福生活如果就这么延续下去那该有多好啊，这是多么幸福美满的三口之家啊！

可是，社会变革不尽如人意，1998年，又一波改革大潮席卷全国。全国范围的国有企业都转制。杭锦后旗机械厂也不例外，附属的大集体五七厂更是不堪一击，相随着不声不响地倒闭了。

随之出现了"四零五零"人员再就业难题。

生性乐观的二毛并没有被下岗这件事击垮。她说："下过乡的人，什么苦也能吃。"她开始跟车，当起了售票员，在客车这个流动的社会里，什么样的旅客她都遇到过。

后来，郭庭柱病倒了，需要人照顾，二毛不能整天跟车售票了。生活费从哪来呢？

常言道：靠山吃山，靠水吃水。

她在二运大门口开了个电话亭，买了个冰柜摆在电话厅旁，顺便卖点雪糕饮料，每天能挣个二三十块钱。这样，她随时可以回家照料郭庭柱。

守电话亭夏天还好说，到了冬天就比较难熬。二毛在电话亭里生了个小火炉取暖。她每天早上把冰柜推出来，再把火炉生着，但是电话亭冻了一夜，一时半会儿也暖和不过来。

这人在年轻时，再苦再累也不觉个甚，夜里好好儿睡上一觉，也就歇过来了，可稍微上点儿年纪，以前的积劳就开

始成疾了。

那几年,郭庭柱早年的气管炎发展成了肺气肿、肺心病,丧失了劳动能力,不能上班了,只能在家休养。他一年需要反复几次住院治疗,总也不能彻底治愈。

二毛对此很不甘心,她总是抱有一丝幻想,想要治好郭庭柱的病。她说砸锅卖铁也要去外地大医院看病。

我多次开导她:"医生已经明明白白告诉你,郭庭柱的病是肺气肿、肺心病了,再去哪儿查,再怎么查也是这个病。这种病就是这样,治不好的,只能治得好转些,维持着。"

二毛泄了气,不再幻想了。她虽然不甘心,但也不得不接受眼前这个事实。

二毛的儿子龙龙在上学。郭庭柱在家养病治疗,没有工资。二毛一个人在电话亭刨闹生活,但这又能挣多少钱呢?一家人的生活陷入了窘境。

知青战友王小荣,想方设法帮助郭庭柱办理了低保,二毛一家人的生活总算有了一份保障。

二毛憋着劲,坚持着。

郭庭柱的病情越来越重,几乎整天离不开氧气,呵唠(清嗓子)、气喘、咳嗽,已成常态。

乐观的郭庭柱不时调侃说,自己成了个药罐子,只是对不起二毛,这几年把二毛拖累得不能好活一天。

纵是身心俱疲,烦恼无数,二毛从来舍不得对郭庭柱发脾气，除了招呼一日三餐，每天还要给他擦身、洗脚、按摩、护理，让他尽可能舒服一点儿。郭庭柱喘着气也在坚持着。

儿子龙龙不负众望考上了大学。郭庭柱终于盼到这一天。

2003年春天，儿子上大学后，郭庭柱再也坚持不住了。他气喘得越来越厉害，刨闹这口气真是费劲，太累了，他想休息了。那天下午，他靠在二毛怀里，望着前来看望他的老母亲说："我是不孝之子，只能一走了之了。"然后闭上了那双浮肿的眼睛，停止了气喘，也不再咳嗽。他终于脱离了病痛的折磨，但也永远离开了他心爱的妻子和儿子，还有她的老母亲。

郭庭柱的离世，本在预料之中，但对二毛来说，像天塌下来一样。她整日沉浸在悲痛之中，不能自拔。

真是病来如山倒。失去精神支柱的二毛，身体也随之垮了下来。2005年7月，她患了胆结石和肝囊肿，腹痛得要命，住医院做了急诊手术。不曾想，三个月后，二毛的肝病再次复发，还是痛得要命。不得已，她再次住医院，做了肝小叶切除手术。

仅仅三个月的时间，连续做了两次手术，二毛的身体变得非常虚弱。术后十天时出院，她的日常生活还不能自理。那么出院后，谁来照顾她呢？这又是一个问题，这个独生子女的母亲。丈夫病故，儿子需要去外地上学，父母年岁已

大，心有余而力不足。怎么办？她能依靠谁呢？最后，是大哥李锁柱把她从医院接回家，侍候了七八天。

然后，又是从小就疼她的四姨和四姨父（我的父母）把她接到自己家里，伺候了半个多月。二毛的身体才逐渐恢复过来，回到二姨家休养，真是病去如抽丝。

她已经无力再去经营电话亭了，二毛就把电话亭转了出去。

术后第二年，二毛又出现了关节痛疼，活动受限的症状。来医院检查，她被确诊为类风湿性关节炎。这个病与她多年的劳累、受寒不无关系，当然也与她的两次手术创伤有关系。

类风湿性关节炎是个慢性病，也是个终身疾病。到现在，这个病已经伴随二毛十几年了，时好时坏，真叫人无可奈何。

在这十几年中，二毛的儿子龙龙，上完了大学，走入社会，曾经天南海北地找工作。头几年，龙龙尝试了多种工作。二毛亦随儿子工作的变动，去江苏昆山定居过几年。

最后，龙龙的工作单位固定在呼和浩特，还贷款买了住房。

儿子龙龙结婚典礼时，众亲友都来捧场，知青农场众多的战友们，也来为知青李二毛捧场。战友们欢聚一堂，亲热无比，看着这些亲如手足的昔日战友，李二毛激动得眼圈发红，却流不出一滴眼泪来，这是因为类风湿关节炎合并干燥症的缘故。她已无法用泪水来表达感激之情了，只能双手相合放在胸前，频频致意以表示她的心情。

如今，二毛已经当上奶奶了，社保养老金逐年在增加，儿子媳妇孝顺，孙女乖巧可爱。多年的病痛对她来说，已经是随茶便饭了。二毛与儿子一家三口生活在一起，享受着天伦之乐。

二姨和她的儿女们

1988年7月,我刚从大学毕业回家,就听到二姨患上食道癌的噩耗。

所幸的是,二妗丁碧珠认识人多,她托人请内蒙古医学院附院外科教授,为二姨做了手术。

做完手术后,二妗又把教授以及盟医院的相关大夫请回家里,亲自下厨摆了一桌酒席,以表示对他们的感谢之情。

席间,二妗还不无自豪地向他们介绍了我,说我们外甥女刚从内蒙古医学院毕业。

直到如今,我已工作30多年了,二姨依然健朗。

临床工作中,我常用二姨的病例作为典型来鼓励我的病人,一定要保持乐观,保持良好的心态,这才是战胜癌症最好的药方。

食道癌患者能活过20年甚至30年的病人,可以说,很罕见。因此，在现实生活中，二姨确实是个例，她创造了癌症病人能健康生活30多年的奇迹。

二姨如此顽强的生命力确实让人惊叹！究竟是怎样的力量，使二姨战胜了病魔？让她能够顽强地生活下去？

我常常思索这个问题。

纵观二姨的一生，我似乎可以从中领悟出一些原由来。

二

二姨出生于1936年11月25日（农历），是姥娘姥爷的第三个孩子，官名叫马秀珍。她从小没有念过书，几岁时就开始帮姥娘照料小妹们，稍大些时候，就帮老爷的铁匠炉挑水或拉风箱。

二姨长到十五六岁时，已经出落成一个大姑娘的模样了。

姥爷的铁匠朋友郝茂林过来说媒，说的是他手下的一个徒弟，名叫李广存，年纪二十四五岁。二老见过李广存这个小伙子，相貌敦敦实实的，人也憨厚老实。姥娘觉得此人不错，可以把二姨托付给他。

李广存的老家在宁夏平罗县的黄家桥，祖上曾是地主。有一年，李家与当地的回族居民因火灾发生了冲突，双方都有伤亡。

李广存的父亲当时正值壮年，带着妻儿从灾难中逃了出

来。出来时,他挑着一对箩筐,一只箩筐里坐着李广存,另一只坐着李广存的弟弟巴连,兄弟俩大概只有几岁。

就这么着,李广存的父亲挑着箩筐带着妻儿,一路走到后套陕坝,并在此落脚。

从此,一家四口开始在陕坝谋生,父亲干些泥工,养家糊口。

李广存长到十几岁时,母亲去世,他被国民党军队抓壮丁,当兵上了战场。后来,他从部队逃跑出来,辗转回到陕坝,开始在郝茂林铁匠炉当学徒。

他的弟弟巴连在陕坝的郭家口袋坊当学徒,编织口袋。

当时姥娘或许是看上了李广存的实在,只考虑她女儿日后在婆家会不会受气的问题,所以才把二姨嫁给他为妻的。

在那个年代,二姨对于自己的婚姻是没有自主权的,属于包办婚姻吧。16岁的二姨,嫁与李广存为妻,开始在李家生活。

三

婚后第二年,二姨生下了长女,起名叫改花子。改花子天生聪慧,漂亮、喜人,深得全家人喜爱。只是这孩子长到两三岁时,染上了脑膜炎,不幸夭折。这令全家人心痛不已。

1952年,杭锦后旗政府组建了机械厂,二姨父李广存被招进厂里，做了锻工。这是机械厂的首批工人。

1954年夏天，二姨生下了长子李锁柱。就在同一年，姥娘生下了三舅。

那年我母亲12岁，正值学校放暑假，就去侍候二姨坐月子。

当时我母亲也就会熬个稀粥，她每天将那铁匠炉用的木制大风箱从家里搬到院里春灶子旁，"片儿踏""片儿踏"拉风箱，烧火给二姨熬稀粥。

二姨大约还没有出月子地，就去建筑工地上打石子挣钱补贴家用。她用打石子挣的钱，给我母亲扯了两块布料，一块白底绿花布，做了件衬衣，一块海潮蓝色的布料，做了件外套。

那年秋天，在三道桥举办的全旗运动会上，我母亲穿着那件白底绿花衬衣参加了运动会。瞬时，受到了众人的艳羡，也受到了老师的赞美，我母亲顿时感觉好嫐（自豪）啊！

再说，李锁柱出生了，给李家带来无尽的欢乐，尤其是他的爷爷，更是把孙子亲得要命。起名锁柱的意思，大概就是唯恐孩子难保，要把他锁柱，不会丢失了。

锁柱哥的爷爷有个嗜好，就是爱喝二两烧酒。

老人家每天去小卖铺打上二两烧酒，回家一个人坐着，慢慢儿地抿喷着、品味着。

等到锁柱长到两三岁时，爷爷每次喝酒时，把酒盅支到

孙子嘴边，让孙子也抿一下烧酒。看见孙子叭嗒着小嘴，爷爷就更高兴了，过一会又把酒杯支到孙子嘴前，再让孙子抿一下。

这以后，爷爷那二两烧酒，就不是一人独自品尝了，而是有孙子与他对着叭嗒，爷爷的酒真是越喝越香。

终于，在柱哥三岁时的一天，爷孙俩对饮，当然孙子不胜酒力，终于败倒在爷爷手下。

锁柱哥竟叭嗒得酩酊大醉，整整睡了一天一夜，方才苏醒过来。这可把二姨吓坏了，吓得她六神无主，心惊肉跳，不住地叫唤着"锁柱……锁柱"，一夜未眠。

四

二姨和二姨父的日子就这么过着，正如姥娘所期望的，二姨确实没有挨打受气。

二姨父在机械厂当工人，二姨是家庭妇女，在家生孩子，带孩子。

夜里孩子们睡了，二姨还在煤油灯下缝缝补补，搓麻绳，纳鞋底。

为补贴家用，二姨家常年养猪。起初二姨领着我母亲去杭后酒厂拉酒糟喂猪。后来子女们长大些，就让他们出去掏灰菜、苦菜、蒿蒿，喂猪。

每年夏天麦收时节，二姨的子女们就挎着篮子去地里拾麦穗。锁柱拿着搂柴耙子，在地里来回耙，总能把没被捡拾的麦穗一网打尽。

孩子们把捡拾的麦子拿回家，晒到凉房顶上，晒干后，再把麦粒锤打下来，收进口袋里。二姨背着口袋去加工厂加成面，再背回家来，接和着吃。

大约在五十年代中期，二姨夫的弟弟巴连被下放到农村，在临河城边儿的八一乡。

到了1960年，国家出台政策，让城里无业的职工家属也下放农村。

二姨领着几个孩子回姥娘所住的二道桥务农去了，二姨夫继续在机械厂上班。

当时姥娘和刘成老人一起生活，这下又添了二姨家几口人，与姥娘姥爷住在一起。

二姨领着子女住外间，姥娘和姥爷住里间。白天，她和老人一起下地劳动。

那年，二姨的二儿铁柱刚出生，吃不上奶水，只能喝点儿面糊糊，饿得他一天到晚裂着嘴哭，致使他到现在仍长着一张大嘴。我母亲经常戏着说："这就是铁柱小时候吃不饱、经常哭留下的后遗症。"

过了一两年，二姨又领着子女回城了。

五

那年,机械厂成立了家属厂,给二姨她们这批没有职业的家属,提供了就业机会。

二姨小时候没念过书,是不识字的。解放初,政府办了民校扫盲班,她天天去上课,一天也不误。最后,她竟也识了不少字,自己能看书看报了,也算是个有点文化的人了。

在机械厂家属院的几十户人家中,因为大家都信任她,二姨被选为居民组长。邻里之间有纠纷,她会去处理好,谁家有什么困难,也尽力去帮助。二姨真还颇有姥娘的风范。

进入家属厂后,众人又推举她当组长,让她带领着这些家属干活。

其实,家属厂干的营生,是大厂分过来的一部分,无非是制造生活用具和农具等等。

二姨每天一早,来不及在家吃早点,腋下夹着块玉米面饼子或窝窝头,就匆匆忙忙走去家属厂上班,冬寒,夏暑,从不迟到。

那年,二姨作为技术骨干,被派往包头机械厂学习,回来后,在家属厂率领大家制作手摇风箱。因其小巧省力,逐渐取代了过去的木制大风箱。这场小小的革命给家庭主妇或是像我这类天天拉风箱,帮父母做饭的烧火丫头减轻了劳动量。手摇着风箱烧火就像是在做游戏,人们再不觉得拉风箱是个枯燥无味的营生了。

六

大儿子锁柱上完小学，就辍学了。他年少时，也是那种让老师比较头疼的学生。在学校里不时闹点儿动静，害得大人被传唤去学校谈话。二姨夫生性木讷，本不善言辞，面对老师，更不知说什么是好？回家便将锁柱痛打一顿，以示教训，同时也算是以实际行动，表示对老师的全力支持。

16岁时，锁柱开始跟着建筑队干泥工，整天和砖头、坷垃打交道。不管挣钱多少，总算开始自食其力了。

几年以后，杭锦后旗又组建了拖拉机修理厂，锁柱被招去当学徒。

孩子多了，挣钱少，二姨的烦心事就多。不是学校里需要买书本，就是吃喝穿戴的事，要么就是邻里之间的长长短短，常常惹得二姨气不打一处来，打骂孩子也成了家常便饭。我童年时也曾随二姨家的子女一起，挨过她的笤帚疙瘩。

七

七十年代末期，国家恢复了高考制度。全国人民重视文化教育的风气空前高涨起来。普通老百姓的子女都指望通过

高考这一公平竞争手段，来实现他们"鲤鱼跃龙门，出人头地"的愿望，从而捧上金饭碗或铁饭碗。因此，普通百姓家的年轻人，几乎是人人刻苦读书。

无奈，当时高考的升学率非常低，因此，能考中的人只是凤毛麟角。

二姨的二儿子铁柱高中毕业，参加高考，落榜了。因为没有其他的就业机会，铁柱只能争取曲线就业的方式，去当兵。这是那个时代，除了高考这条羊肠小道之外的第二条就业渠道。

铁柱长得高大帅气，像一棵挺拔的杨树，身体条件非常符合部队要求，学历又是高中毕业。

经过一些波折，铁柱总算如愿以偿，参军当了兵，也算是有了铁饭碗。

八十年代初，三毛高中毕业，也参加了高考，不幸也落榜了。

杭一中开办了高考补习班，为这群坚韧不拔的落榜生提供复读机会。但是，上补习班是要交学费的。

所以，家住乌达的大舅的子女马平和马丽高考落榜后，先后来杭一中求学。二姨敞开家门，欢迎他们来家里吃住，支持他们去杭一中上补习班。

三毛也不放弃希望，想上补习班再拼搏一次。

二姨因拿不出学费而气恼，并将怨气撒在三毛身上。没有学费进不了补习班，三毛只能在家自学。

她每天一个人钻在西房，起五更睡半夜，埋头苦学。她顶着压力和责骂，再次参加高考。

三毛平时的学习成绩是不错的，高中时也是班里的佼佼者，可临到高考时，就出现了心理障碍，临阵发挥失常，三毛又一次落榜了。

高考连续失败，三毛失望极了，感到孤独无助，这世界对她来说是如此的虚无飘缈，她给自己起了个别名——徐飘渺。

三毛在高考这条羊肠小道上最终也没有挤过去，只能重新思量着下一步的出路，却又不知路在何方？

八

二姨所在的家属厂，因不断挤进待业的年轻人，不可避免地出现了僧多粥少的问题。二姨和一批同龄的老婆儿们，被劝退，提前下岗，然后按工龄，每人分得几百元补偿费。

二姨手里攥着几百元下岗补偿费，回到家里，思来想去也没有个头绪。

大儿子李锁柱已娶妻生子，不用操心了，二儿子李铁柱从部队转业回来，按国家政策，被安置在杭后机械厂。二姨又托人把他调到临河啤酒厂，也已经二十多岁了，到了找对象结婚的年龄。三儿、四儿虽说还小，但无论如何，总归将来是需要娶媳妇儿的。这样说来还需要攒三个媳妇儿的钱

呐。

再省吃俭用，就算是不吃不喝，也攒不下这么多钱啊！想到这些，二姨不由得叹起气来。

怎么办呢？离开了家属厂，她已经是快50岁的人了，又没有文化，还能做点甚了？

二姨漫无目的地走上街头，瞥见街道两旁摆有不少地摊，卖鞋袜，卖针头线脑、勺子、筷子、山药削子等等的小商品，摊主的叫卖声不绝于耳，甚是热闹。

继续走下去，不觉到了中山堂附近，只见中山堂对面的自由市场巷子里，立着几处服装摊位。不经意间，一位站在服装摊前正在招揽生意的女老板引起了二姨的注意，这不是青莲儿吗（我家的邻居）？

二姨瞬时被触动了，马上有了自己的想法。

回到家里，二姨和二姨父商量后，决定自己也摆个服装摊子，开始做生意。那时，二姨父已退休，指标给三儿子金柱补了员，金柱去机械厂当工人了。

有二姨父的支持，二姨说干就干。她去工商局申请了摊位，置买了平板推车，架子等装备，拿出补发的几百元钱，又从银行取出这些年来省吃俭用攒下的积蓄，跟着青莲儿她们有经验的人去石家庄进货，正式开始做服装生意了。

摆开了服装摊，二姨悄悄留心邻居摊主怎么张罗生意，怎么讨价还价，就这么边学边干，渐渐地也就进入了角色。

每天上午，二姨父帮着把货车从家里推到市场，立起架子，挂好衣服，等待生意。中午两人换替，回家做饭吃饭。

天黑了，他们再把衣服收好，叠放整齐，把货车推回家去。

小本生意，不敢多压货，他们只能定期出去进货。

最初进货，二姨领着四儿子永柱当帮手，相跟青莲儿她们一起去石家庄进货。

那时，出门人都是挤火车硬座，火车速度也慢，一天一夜才能到北京，然后再倒车去石家庄。由于车次少，乘车人多，硬座车厢里拥挤不堪，往往三人座能挤五个人，二人座也能挤三四个人。

二姨带着烙饼、煮鸡蛋、咸菜上路，夜里困了，她就找张报纸铺在硬座座位底下，权当下铺，轮替着钻进去眯一觉，伴着众多旅客呼呼的鼾声，呼吸着充满脚臭的污浊空气，进入梦乡。

到了石家庄，他们便直奔服装批发市场。由于摊位众多，看了让人眼花缭乱，看上去哪样衣服也好。

二姨不敢乱选，只跟着青莲儿她们走，看她们的样子，跟着选。半天跑逛下来，选了几大包，由永柱扛着。

到了饭点，二姨也不舍得下饭馆破费，只是坐在店门口，拿出烙饼，就着咸菜，随便吃一顿了事。

当晚，他们再挤硬座火车返程。

但凡来到北京的人，大抵都会到天安门广场留个纪念。

有一次去石家庄进货，在北京倒车，离晚上火车还有半

天时间,二姨就随着同行的朋友,去了向往已久的天安门广场。雄伟的广场,给二姨留下了美好的印象。她又买了门票,参观了举世闻名的紫禁城故宫,那可是皇帝住过的地方啊!

从北京回来后,二姨兴致勃勃地告诉四妹妹,她亲眼见到了真正的金銮殿,那才叫个气派!

二姨拿出印有北京字样的小礼物送给四妹妹做纪念。

一年反复几次进货,旅途的疲劳,吃喝不均,二姨感觉有些力不从心。

再往后,出门进货的任务就交给了二毛,二姨帮着照看孩子。

二毛也是随着青莲儿他们一起去进货,也是挤着火车硬座,夜间钻在硬座下面,铺张报纸,忍受着旅客的各色脚臭,勉强丢个盹儿。

二姨和二姨父,则专管在自由市场卖服装。

每逢初一、十五,二姨就出去买些熟肉,给二姨父和子女们解解馋。

春去秋来,日复一日,年复一年,二姨经历了夏日酷暑,冬日严寒,经历了风霜,也经历了雪雨,更经历了市场的变迁。

眼看着市场由起初的零零星星几家服装摊位,逐渐发展到摊位稠密、鳞次栉比的程度,俨然形成了颇具规模的服装一条街。

当年这条服装街的繁华和热闹程度,用陕坝人的话来说,堪比北京的王府井。

九

二姨凭着辛苦,几年下来,也挣了一些钱,给二儿子铁柱娶过了媳妇儿。

过了两年,她又给三儿子金柱也娶过了媳妇儿。

照这样发展下去,给四儿娶媳妇也不会有太大问题。

二姨终于从拉破窝的日子里走了出来。

可谁曾想,做了四五年的服装生意,正熟练了,二姨却感觉自己身体有点不对劲。

怎么不对劲了?她先是感觉吃烙饼有点噎,那就改成吃米饭、馒头,后来也不行,那就吃稀的,再后来,喝粥也噎开了。莫非是得了"噎食病"?

子女们领着二姨去医院看病,下了胃镜,最后确诊为食道癌。这在当时,就相当于被判了"死刑"。

所幸的是,家族中还有个见多识广的二妗丁碧珠。

二姨的病,迁动了二舅和二妗。向来心软的二妗,得知二姨的病情,先是吃了一惊,怎么会这么严重?不觉心疼起来。

虽说不是亲姐妹,毕竟也是多年的大姑姐。二妗不忍心看着她的大姑姐遭受病痛的折磨,更不忍心看到大姑姐在这

样的年纪，就走到了生命的尽头。

二妗和二舅商量后，决定要全力以赴帮帮二姨，要请最好的医生，为二姨治病。

二妗认识人多，她多方咨询专家，最后确定需要手术，但也知道这是大手术，所以她非常慎重。说来也巧，二妗打听到盟医院从内蒙古医学院附属医院请来了一位教授，给某位病人做手术。二妗就托人给二姨搭了"顺风车"。

那天，那位教授在盟医院亲自主刀，为二姨做了手术。二妗方才松了口气。

十

经历了这一场劫难，二姨却大难不死，闯过关来。那是1988年，二姨只有52岁，总归是做了大手术，民间讲话，说是放了元气，需要慢慢调养，慢慢恢复。

术后半个月，二姨出院回家休养，子女们轮流去伺候。她的身体渐渐地有劲了，能去院里坐着晒晒太阳，静养的日子，就这样缓缓地过着。

第二年，她的老朋友，家住解放闸附近的任翠芬，约了二姨去磴口四坝的金堂庙逛庙会。庙不大，正殿和两侧房舍均为土房，正殿里供奉着释迦牟尼佛和诸位菩萨。

二姨随着任翠芬磕头、烧香、进供，听师父讲经说法，甚是新鲜。

中午，她们在庙里吃斋饭，主菜是用酸白菜熬的汤。二姨喝汤时，感觉醇香可口，汤进到胃里亦觉舒畅无比，神清气爽，心想，过去皇帝喝的珍珠翡翠白玉汤可能也不过如此吧。这碗酸菜汤的清香味道让二姨回味不已。

十一

二姨的日子，一如寻常生命的流动一般延续着。

在这期间，国家又经历了房改时代。

二姨家住的是机械厂的家属房，这套平房被评估折价后，大约是2000多元。二姨家给国家交付了这2000多元后，这套平房就归二姨家所有。

也就是从那时起，国家公有制住房的时代结束了，取而代之的是商品房时代的到来。

除四儿永柱之外，二姨的其他几个儿子在此之前，基本都已享受了公有制住房的社会福利，等到永柱结婚时，福利分房成为历史。

而此时的二姨也无力为其购置商品房，好在家里的平房面积比较大，一进两开，因此就把这套平房答应给了永柱两口子。二老与儿子、儿媳一起生活。

这样的日子一天天过去了，二姨二姨夫一年年在变老，不经意间，他们已进入了老年。

老两口在平房小院一住就是几十年。

二姨父85岁那年，出门跌了一跤，大腿骨折了。子女们将老人送到巴市中医院，做了髋关节置换术。几个儿子轮流陪护，三儿子金柱陪护时心细，深得老人信赖。

出院后，二姨父身体逐渐恢复。三个月后，他就要自己开始做家务，勤劳了一辈子，能行动就闲不住。

一天，二姨父在院里敲打煤块，准备端回家烧炉子，不小心又跌了一跤。

这次跌得有点儿重，但老人坚决不去医院，结果不到24小时，便去世了。

那年二姨父85岁，说来也算是高寿了。

老伴去世后，二姨没有表现出过度悲伤，看上去神情淡然，心静如水。二姨心中，纵有天大的事情，她也能承受，也能化解。

其实，二姨早知道有这么一天，只是有些纳闷，为何一向身体健康的老伴，竟会走在她前头了？按理说，她得过癌症，又做过大手术，应该是她先走才对呀？二姨想来想去，终也没想明白。

兄弟姐妹们前来吊唁，想要宽慰她，劝她节哀。可她反宽慰起大家来，又像是在自言自语，絮叨着："日秧死兰（失笑），我还没死，他倒先死兰（啦）。日秧死兰……"

二姨父的离世，对于二姨来说，不仅失去了老伴，同时也意味着失去了经济来源。她只能每月领取几百元的抚恤金。

我母亲和二舅在二姨夫丧事办完后，组织二姨的子女，开了一个家庭会，确定了二姨继续和永柱一家一起生活，每位子女每月给二姨出三百元生活费。

李金柱提议，用二姨夫生前住院报销的费用，给二姨买社保养老保险，这样，她每月就能拿到社保养老金。对此，虽然众说不一，金柱还是坚持去为母亲办了社保。

大概不多时，二姨就开始领取社保养老金了，每月几百元，数额不多，可是每年都在增加，她也算是有了一份经济保障。

十二

国家的城市化建设进程速度越来越快，古镇陕坝也不算落后。

商品住宅楼一座座拔地而起，过去的平房院落就显得不合时宜了。国家把这些平房定为棚户区，计划着逐步拆迁，然后盖成高层住宅楼。

二姨和四儿永柱一家所住的平房，终于被确定拆迁了，并且能够置换两套回迁楼房。

那年，永柱夫妇俩在东北大桥东面的新住宅小区，选了一套商品楼房。他们筹钱交了首付款，又以永柱媳妇四四的名义贷款，买下了这套楼房。简单装修后，永柱一家三口与二姨一起搬入新居。

二姨住上楼房感觉真新鲜，住楼房最方便的是家里有卫生间，再也不用为外出上厕所为难了，冬天也不用端煤倒灰烧火炉子了，住楼房就是好！

永柱媳妇儿四四，是个难得的好媳妇。与二姨二姨父一起生活了多少年，总是和颜悦色，从没磕绊过一句。在媳妇的调教下，永柱也变得越来越好了。妇唱夫随，倒也和谐。他们的儿子星星，也甚是乖巧。星星小的时候，看见奶奶准备起身，就把拐杖递到奶奶手里，再大点儿的时候，能上前扶着奶奶。

四四每天下班回家做饭，伺候老人吃饭，饭后洗碗，每周为老人换洗一次衣服。

逢年过节时，众姊妹兄弟回家看望老人。家里人多，四四便跑进跑出买肉买菜，里外张罗，仍是和颜悦色。

十三

二姨家的回迁楼也已交工，简单装修后，可以入住了。

二姨老来享福，住上了属于自己的新楼房，家里窗明几净，膝下儿孙成群，已四世同堂了，又有三儿金柱专职侍候照料，这是让多少人羡慕不已的晚年生活啊！

每天一日三餐，金柱为母亲变着花样做，老人依时按顿吃得有滋有味。

可真不要小看，金柱做出来的饭菜确实色香味俱全，非常可口。我去看望二姨时，总要吃一顿他做的饭。我就当着金柱媳妇付林的面，打趣说："李金柱侍候老婆多少年，每天做饭，竟练出一手好厨艺来。"金柱不好意思，连忙说："哪有的事。"

天气暖和时，吃完早点休息一会儿，金柱就把母亲用小三轮车带出去，到小广场或大公园去坐着，见见老邻居们，聊聊天，或是听听人们闲聊，看看马路上的人来车往。快到午饭时分，金柱再把老妈接回家，做午饭，侍候母亲吃饭。

午睡后，下午3点左右，金柱再把母亲用小三轮送到小广场休闲，下午5点多，接回来，做晚饭。饭后，母亲看电视，或上三楼永柱家串门，金柱回自己家帮媳妇儿张罗家里的事。

冬天天气太冷，小广场、公园都不能长坐了。金柱就把母亲领到汽车站的候车室，找个有茶吧的地方坐着，看看候车的人或吃早餐的各色人等。

金柱定期给母亲洗衣服，洗澡。初次洗澡时，母亲害羞，不情愿让金柱给自己擦洗身体。

金柱说："你是我妈，我是你儿子，我是你养的，对不？你养我小，我不能养你老？我咋就不能给你擦洗身子了？"

二姨想想，金柱说的话也在理，自己的儿子，侍候年老的母亲，有什么可护羞的了？她也就同意让金柱给她洗澡了。

不洗澡的时候,每天晚睡前,金柱给母亲打水洗脚,定期修剪趾甲。

二姨在金柱的专职侍候照料下,身体竟然变得更硬朗了,也很少闹毛病,两三年也不用住一次院,更不用去诊所输液了。

到如今,二姨已经八十有六,做完食道癌手术33年了,依然身体硬朗,精神矍铄。想必是,癌症之魔早已把她忘掉了吧。

四爹郭步林生命的最后时光

2016年5月初,长年晨练打太极拳的四爹,走到二里外的晨练地点,开始感觉有点气短。儿子们陪他去医院检查,被告知是肺癌晚期,这一结论让一家人惊呆了,一向身体健康的四爹,已戒烟两年,从来不咳嗽怎么会得这个病呢?会不会是误诊?三弟郭培江把肺部CT片和肝部CT片给我发过来,我找专家咨询,确实是肺癌晚期,肝转移,这是一个不争的事实。对于晚期肺癌,手术已经没有意义。怎么办?谁也接受不了这个现实。我和父母亲、弟弟、妹妹商量后,决定让弟弟郭建军和弟妹章园梅先去南通看望四爹,弟弟发来四爹近况的消息和照片。我是家族里唯一的医生,故决定亲自去趟南通,看望老人并和兄弟们商量一下四爹的治疗方案。

早晨,我从临河乘飞机出发,中午经停北京,下午5点就到了南通,二弟郭培民去机场接我。

到南通后，我们见到四爹。他仍然面色红润，慈眉善目，只是稍有一丝疲惫。老人见到我高兴极了，怜爱地说："春霞啊，你怎么跑来了？"我坐在四爹身旁，握着他的双手，谎称去上海开学术会，路过南通，顺便探望。我还带来了家乡的手把肉。

我的到来，四爹一家人像过节一样高兴，四妈和弟妹们准备了丰盛的晚餐，把我带去的手把肉，也回锅炖了炖，大家吃得很香甜。

二弟妹卢林燕的妹妹卢冰这几天一直帮忙联系医院和专家。

第二天一早，我和二弟郭培民及卢冰来到位于唐闸区的南通市第二人民医院，见了主治医生刘主任，谈了诊断及治疗的建议方案。然后我们又赶到南通市第三人民医院，见了卢冰约好的著名中医专家。经过综合多位专家的意见，最后全家人初步达成一致意见，先让四爹住到南通市第三医院的中医肿瘤科做对症治疗，提高免疫力。

晚上家人坐在一起商量，大家都同意不做手术，也不做放化疗，只通过中药治疗，让四爹减少痛苦，平稳渡过临终前的这段日子。大家征求老人意见，他同意住南通第三医院。

虽然这么定了，但兄弟们还是不甘心，总想尽力挽救并延长四爹的生命。去南通时，我带了十粒靶向治疗的药片，一片五百元，当时还是自费药，开始给四爹服用，一天一粒。二弟刚贷款在南通市里买了新楼房，还没有装修。他表示要把新楼房卖了，给父亲看病，我对二弟说："你的心情是可以理解的，但是四爹有医保，自己应该花不了太多的钱，还不到卖房看病的地步。"我把二弟卖楼房的念头打消了。

四爹的医保定点在南通市第一医院和第二医院及南通医学院附属医院，第三医院不在定点范围。怎么办？我想这个问题应该不难解决。

四爹的单位是地质队，总部在徐州。我和总部的领导打通电话，说明了情况。他们同意把南通第三医院列为定点医院，接下来办了相关手续。卢冰和第三医院联系好床位，送四爹住了院。

接下来的日子，四爹的三个儿子分工轮流陪护。大儿子郭培军、三儿子郭培江轮流上夜班陪护，第二天白天再接着上他们自己的班。二儿子郭培民和单位请了长假，每天白天陪在父亲身边，负责和医院的大夫护士联系，陪四爹做必要的检查，调理饮食。

与此同时，二弟郭培民又派夫人卢林燕及女儿郭玥去北京找中医专家，商量四爹的治疗方案，并且从北京带回了大包的中药。

这期间，弟弟郭建军及弟妹章园梅多次从昆山驱车赶到南通，陪老人聊天。章园梅给他按摩身体，缓解病痛，给南通三兄弟以精神支持。这么多亲人陪伴，是想让他能平静地度过生命最后的时光。

在这段日子里，家住山西的郭东山代表大爹，家住临河

的郭培富代表二爹去南通看望了四爹，并带去内蒙古老家兄弟姊妹的问候及爱心，这让四爹感到十分欣慰。远在加拿大度假的六姑郭晓林得知她四哥病重的消息，悲从中来，无法控制自己的情绪失声痛哭。心情平静后兄妹视频对话，她嘱咐哥哥安心治病。

再贵的药物也挽救不了四爹的生命，再浓的亲情也留不住老人离去的脚步，在生命这场旅行中，四爹走到了人生旅途的终点。他下车了，又开始另一场新的旅行。2016年8月13日凌晨，四爹呼吸心跳停止，安详地进入了永远的梦乡。事后，家人为四爹举办了隆重的葬礼。四爹单位领导出席了葬礼，老人在南通的老同事，以及太极拳带出的徒弟、街坊邻居、儿女亲家、侄儿、侄女、侄孙近百人参加了葬礼。大儿子郭培军致祭文，泣不成声，但也挽留不住父亲远去的脚步。

四爹火化后，骨灰埋在了南通市公墓一座鲜花盛开的园陵里，愿他老人家的在天之灵再没有病痛，天天开心！

父亲的包头情结

都说人老了，常常会活在怀旧和回忆之中。可不是么？家父如今八十多岁，简直是这种说法再形象不过的注解。

2018年的五一小长假，我征求父母意见，看他们想去哪里转转。父亲说："去包头吧。我想去看看1953年我去学习过的那家机械厂，不知道现在还在不在了？"我笑了："肯定不在了，多少年了。"父亲也不反驳，说："在包头住两天也行。"看得出，父亲对此行的目的地并不抱多大希望，但还是坚持想要去寻找那家机械厂，可能为的是了却一种念想。当然，我能理解父亲的心情，便开车带着父母从临河上了高速公路，一路向东，两个小时就来到了包头东河区。

父亲说："那家机械厂就在包头东火车站正北面一、二里路的地方。"父亲对这一点记忆很确信。

1953年，十七岁的父亲被招到杭锦后旗机械厂当工人。

那时正值解放初期,我的家乡也和全国一样百业待兴,政府刚刚组建了机械厂,工作人员大多来自一些私营铁匠铺,缺乏技术工人。父亲朴实好学,而且心灵手巧,被厂领导看重,第一批送去包头机械厂学习。那时的包头市是内蒙古的工业中心,也是全国闻名的"草原钢城"。国内许多人可能不知道内蒙古有个呼和浩特,但是都知道内蒙古有一座大城市——包头。当时和父亲一同去学习的共有六人,其中包括父亲的师傅,另外四人都是和他一样的初学者。父亲一行人去包头的时候是冬天,他们是坐大班车去的,那时的班车,不比牛车快多少,一路颠簸,时走时停,不时还需要修车。就这样,大概走了一天一夜才赶到包头。因为那时的道路还都是土路,坑坑洼洼、泥泞狭窄,不比如今的高速公路。

父亲在包头机械厂开了眼界,他见到了各种机床,也领略了包头师傅们的精湛手艺。他如饥似渴地向师傅们学习各种技能,包括机械故障的维修,天天忙得不亦乐乎,恨不得一天能当两天用,因此连过年也没有回家。当然一是节约时间,二是节省路费。

巧的是,父亲在包头机械厂学习期间,远在山西空军部队当中尉的大爹郭步仁,偶尔路过包头。几年未见面的兄弟俩在此相见,真是格外的亲热,分别时他们合影拍照,也留下了几十年珍贵的回忆。照片中大爹身穿军装,风华正茂,英姿飒爽;父亲虽然穿着普通棉衣,但也是面容清秀,帅气逼人。

父亲在包头机械厂的刻苦学习，为他日后技术提高、技术革新打下了坚实的基础。那段珍贵的学习经历也为父亲留下不可磨灭的印象。以至于今天说起来，当年的情景仍历历在目，仿佛就是昨日的事情。

当年和父亲一起去包头学习的六个人，大都没有坚持下来，他们陆续提前回家了。只有父亲一个人坚持到最后，完成半年学业，带着一身技术本领，回到了杭后机械厂。

父亲学成归来，在岗位上充分施展了技术才能，不断革新创新，技术水平日渐提高，并且很快超过了他的师傅，他的工作表现受到厂里领导的重视，二十多岁就被提拔为车间主任。

我们找到东河火车站，但是那家机械厂在什么地方呢？怎么一点儿痕迹也看不出来？父亲说："就是这个火车站，当年很荒凉，前不着村，后不着店。从车站往北走有条路，大概走二里路就到机械厂了。"我们站在火车站北广场上，向四周望去，发现车站正北确实有条宽敞的柏油马路，人流熙攘、车水马龙，马路两旁高楼林立、商铺繁荣，哪里还有当年机械厂的影子？那家厂子究竟在什么地方呢？我们沿着这条路来回绕了两圈，也没有看到它的一点影子。最后，我们在离车站回北二里路左右的地方，停下车来。父亲仔细端详着路西的楼群，他自言自语："应该是在这个地方，只是看不到过去的厂房、过去的车间了，就算是故地重游吧。"看上去父亲已经很满意了，没有丝毫的遗憾。只见这处楼宇已是 XX 公司，巷道深处则是居民住宅区。

我开着车，载着父母把东河火车站的站北、站南的大街小巷转了个遍。眼前掠过的是一片现代化的城市，父亲感慨到："完全变样了，六十多年了。"是啊，这么多年了，包头能不变吗？昔日的草原钢城，如今已是中国境内以冶金、稀土、机械、工业为主的重要基础工业基地和全球稀土产业中心，而且也是中国北方铁路交通枢纽城市之一，还能和六十多年前一样吗？

当天，我们找了家旅馆入住休息。

第二天，我带着父母亲游览了包头的青山区和昆区。过去我感觉包头的三个区相距都比较远，但经过开发建设和绿化，现在三个区都连接在一起了，加上九原区，发展成了四个区。我们开车缓缓驶过花团锦簇、绿树成荫的包头市区街道，领略了包头博物馆、美术馆、大剧院精美建筑结构和别具特色的艺术造型，感受了包头市的文化氛围和作为园林城市的清新、靓丽。父亲亲眼见识了六十多年来包头市由解放初期的草原钢城，到如今的现代化工业城市的巨变，也让父亲感受了如今高速公路的便捷。

六十多年的发展，已将临河至包头的距离由过去一天一夜的车程，缩短至如今两个小时的高速，能不让父亲感慨吗？

听五仁五爹讲家史

父亲有位出了五服的堂兄,名叫郭步云,小名五仁。

与父亲同辈的堂兄弟们,目前已所剩无几,五仁五爹算是最年长的一位了。

我的堂兄郭轶平这两年续修家谱,寻访到了这位老人,并给我发来了他的近照。猛一看,我吃了一惊,这位老人太像父亲了,不由地让我感慨万千,这家族遗传基因真是太神奇,太强大了。我赶紧把五爹的近照拿给父亲看,父亲非常惊喜,随后便产生了想去看望这位老兄的念头。

2019年冬天,我们和郭轶平约好一起去拜访这位前辈。

我们打听到他住在临河马道桥附近。那天上午,我和父母与郭轶平一起寻找了过去。

在马道桥西不远处往北有条小路,看样子以前应该是有条渠的,沿渠两岸全是平房,大约有十排的样子。我们走到西面最后一排，再往西数第八户，就是老人的住所了。

我们拧开铁皮大门的圆形把手，打开大门走了进去，一只小黄狗"汪汪汪"叫着迎了出来。

我们进去后看到，小院不大，四四方方，正房有一门两窗。东面那扇窗户大，对着院门，窗明几净，门西那扇窗户较小。西墙下有一堆码好的大块煤炭，旁边并排放着一只大兔笼。笼内卧着几只灰色兔子，南面是凉房。

进了家门，郭轶平兄便呼唤"五爹"！

一进门，我们看到了客厅。客厅面积不大，东墙是影视墙，大彩电摆放在电视柜上。电视柜前局促地摆放着茶几，三组沙发从三面围绕茶几。沙发西面留出空道，通往西南的小卧室，西北面是厨房，客厅正北面是间小卧室。每个房间内都有窗户采光，房间面积虽然不大，倒也明亮，厨房里烧着暖气炉，炉上放着铝壶烧水。

从靠北的小卧室里，传来五爹的答应声。我们寻声进去，只见他从床上起来，正在穿鞋。

父亲进去，亲热地称呼："五哥！你还认识我不？"

五爹打量了一会儿，认出了我父亲，也说认得我母亲，并说出她的名字。

我们一一和五爹打过招呼，郭轶平兄扶着五爹走出卧室，其实是他自己拄着杖走出来的。

大家各自在沙发上就座。五爹起身要为大家倒水，我忙说："您坐，我去倒水。"

我找到两只玻璃杯，又从厨房找出两只碗，放在客厅茶几上，从厨房提了一只暖壶，把水倒上，分别端放在五爹、父亲、母亲和郭轶平兄跟前，请他们喝水。

五爹和父亲并排坐在一组沙发上，侧着身子，面对面，兴奋地诉说着陈年往事。

老人很健谈，说起话来，绘声绘色，像是在讲故事。

他属马，那年90岁。只见老人面色红润，慈眉善目，越看越像晚年时的爷爷，亲近感真是油然而生。

老人家的记忆力真好，90岁高龄还能记起他周围人的好多事情，而且还能记得事情发生的时间地点。

比如说起他的大哥（我们称大爹），在第一个夫人去世后，又续娶了第二个夫人。腊月里娶回来，只过了一个月零几天，正月二十六新媳妇儿就上吊死了。

"为什么要上吊呢？"我吃了一惊，疑惑不解地问。

原来，这姑娘不愿意嫁给大爹，是姑娘的母亲高寡妇，因为接收了大爹家二十石麦子，硬是把女儿嫁了过去。

五爹说："当时是我帮着去娶亲的，这姑娘一路上都在呜呜咽咽地哭泣。"

既然人家姑娘不愿意，那就不要娶了吧？

五爹叹了口气，不无埋怨地说："大哥真是不明事理。"

"那姑娘为什么不愿意嫁人呢？"我又问。

五爹说："那时候姑娘已经有相好的对象了，是当地部队上的一位营长。可她母亲高寡妇却不管这码事，只为了这二十石麦子，就是把女儿嫁出去了。"

我不假思索地说："这不是相当于把女儿卖了吗？"

我真替这位不幸的姑娘感到痛惜。一条鲜活的生命，就这样被她母亲给断送了。

这姑娘才22岁，多可惜呀！难道她再没有别的出路可走吗？难道就只有这死路一条吗？

唉！那个年代，女子是毫无自由可言的，女人的生命如同草木一样轻贱。

五爹的父亲名叫郭巨海，当时很有名气，比我爷爷郭文海的名气要大得多。

五爹说，当时郭家最有名的三个叔伯兄弟就是郭海茂（郭轶平的爷爷），郭巨海（五仁五爹的父亲）和郭铁海（我爷爷的二弟），后两位分别在南渠形成了郭巨海圪旦和郭铁海圪旦，郭海茂在三道桥形成了郭海茂圪旦。

五爹继续说："临河火车站旁的杜家台，原来最早时也是郭家台。"

父亲插话问："我一直不明白，当初为甚不让你妹妹美仁上学念书呢？是不是你父亲重男轻女？"

五爹说："不是，主要是我父亲不重视学文化。我们弟兄几个，就老二念书功课好，上了重庆的大学，其他人都没念成。"

他家兄弟六个，两个妹妹。

美仁长大后嫁给了訾家做媳妇儿，生了三个子女。生最后一个孩子时，美仁产后感染，请来医生看病。输液过程中她浑身发抖，呼吸困难，没有救过来，最后死了。

美仁死后，訾家人不让这个医生了，认为美仁的死是医疗事故，公安局也介入进来。

他们找来美仁的娘家人郭巨海。郭巨海看到女儿已经死了，虽然痛心，但也没办法。就算把医者抓去坐牢，又能怎样？死人还能活过来了？再说人家又不是故意要把人治死。所以，郭巨海爷爷就说："我家闺女在娘家时就有心脏病，可能是又犯病了。"他的一句话，把医者解脱了，婆家也就没什么话可说了，公安局便不追究医者的责任了。真是一位深明大义且善良的老人。

二姑的姻缘

说起二姑的姻缘，还真有一些故事可讲。

不过，故事还得先从爷爷和娘娘（奶奶）讲起。

爷爷一生中，先后娶了三位夫人，生有众多子女。爷爷的第一位夫人金花娘娘相继生了大姑郭粉粉和二姑郭二粉，在生下二姑刚刚三天时，不幸染上了瘟疫，去世了。

刚出生三天的二姑，正嗷嗷待哺，却失去了母亲。

这可愁坏了爷爷，爷爷真是心急如焚，急欲寻找一位奶妈，以解燃眉之急。

正巧，村里朱家的女人，二儿子快两岁了，还没断奶，正有奶水，可以代人哺乳孩子。

爷爷找到了朱家，说明了情况。不料，朱家女人却提出一个要求，要求很简单，如果是让她奶媳妇儿，她就答应帮着哺乳，如果是让她奶闺女，那她就不同意了。

听明白了吧！朱家女人是想让郭二粉长大后给她的大儿子朱熹当媳妇，她才同意哺乳郭二粉。

这简直是……这叫爷爷怎么回答呢？当然，也容不得多想，二姑需要吃奶呀！不管日后如何，还是先顾眼前吧。

不得已，爷爷同意了朱家女人的要求。

看着二姑这失去母亲嗷嗷待哺的小生命，朱家女人就是提出比这再高的要求，恐怕爷爷也会答应的，因为这小生命是他的心头肉啊！

爷爷答应了这个条件后，朱家女人满意了，欢欢喜喜地把郭二粉抱回她们家哺乳去了。

其实，朱家女人也是有难处的，因为朱家几乎一贫如洗，以后她的两个儿子要娶媳妇是很困难的，就连她这个朱家的老媳妇，当年也是被朱家"抢亲"抢来的。既然成了朱家的媳妇，她也只能是认命了，所以，她就要替朱家的后代着想。因此，朱家女人用了这个有点损的手段，把二姑"抢"到她家，准备日后做儿媳妇儿。这也是不得已而为之啊！

那年，朱家大儿子朱熹4岁，懂事的他也成了母亲的帮手，帮着照看二姑。

朱家女人可能唯恐夜长梦多，姻亲可能会有闪失或变卦。

因此，后来，朱家干脆就在爷爷家旁边搭了一间茅棚，成邻居了。

再以后，不论爷爷家搬到哪里，朱家就跟到哪里，如影随形。

那些年，朱熹母亲在爷爷家里照料二姑，也给爷爷家洗衣服，做针线活，勤快的朱熹也帮着干点活。

朱熹带二姑出门玩耍时，总是把她背在背上，护佑着她。

后来，爷爷又续娶了第二位夫人，名叫窦粉枝。

粉枝娘娘生了四姑郭小娥，四姑学会走路后，朱熹常带着二姑和四姑姐妹俩出去玩耍。

按常理说，出门时朱熹应该背着小妹郭小娥，领着大妹，可朱熹却偏不这样，他依然背着大的，手里领着小的。

朱熹背二姑，似乎已经形成了习惯。他只认准，需要他背的是郭二粉。

朱熹长大后，开始帮爷爷家放牛、放马、下地、种田，成了爷爷的好帮手。

二姑长到十几岁时，家里曾有过取消婚约的念头，想把朱熹母亲对二姑的哺养费折成钱还给朱家。可精明的朱熹母亲坚决不同意，她口口声声嚷着："我们要媳妇儿，不要钱。"

最后，爷爷的母亲出面，说咱们有言在先，不能不讲信用，说出的话要算数。

就这样，爷爷只能信守诺言，朱熹也就成了郭家的二女婿。朱家终于如愿以偿了。

说起来，二姑是因为母亲早逝，朱熹是因为母亲有奶水，结果成就了两人的一世姻缘，你说这是不是缘分？

难怪，成年后的四姑，每次去她二姐家时，总要取笑姐夫一番，说："你小时候领我们姊妹俩出去玩耍时，总是背着大的，领着小的，原来你小小年纪就知道心疼媳妇儿呀！"当姐夫的只是红着脸憨笑。

二姑夫背二姑的情形我是亲眼见过的。当然不是当年，那时连我父亲还没有出生，那是在我小时候，二老大约五十多岁的样子。

那年秋天，我和刚学会走路的弟弟建军被二姑家的老女姐接去住了一段时间。

二姑家和爷爷家隔着一条三大股渠，爷爷住在渠西，二姑住在渠东。

那时候，三大股渠还比较宽，比较深，是条大渠，但是秋天渠里水不多。

每隔几天，二老就领我和建军去渠西看望爷爷。

如果我们从桥上过渠，要走很长的路，才能走到桥头，为了省路，干脆就近直接从渠里穿过去。

走到渠坡上，身材高大的二姑夫半蹲着，让二姑爬到他背上，然后他背着二姑淌水走过渠对岸，再蹲下，把二姑放下来，他又折回来朝渡我们姐弟俩。二姑夫把建军背起来，我跟在二姑夫身后，一手提溜一只鞋，深一脚浅一脚地蹚着水走到对岸。

二姑为朱家生育了六男三女共九个儿女，虽然生活清贫，日子过得倒也安然。

二十多年前，二老都已作古。现在想来，憨厚的二姑夫几乎背了二姑一辈子，始终无怨无悔。

谁还能说，这段姻缘，不是好姻缘呢？

表姐二黑眼

表姐二黑眼,是二姑的二女儿,出生在20世纪40年代末,生在旧社会,长在新中国。

她出生在一个子女众多的大家庭。兄弟姊妹九人,上面有一个姐姐,两个哥哥,下面还有4个弟弟,1个妹妹。

姐姐很早就出嫁了。

二黑眼长到17岁那年,两个哥哥早已到了娶媳妇的年龄,却因为家境穷困,总是打着灯笼也不好找。

而给二黑眼提亲的人倒是不少,有大学生,也有技术工人。二姑夫总是看不上那些个书呆子,说他们"犁不会犁,耙不会耙,要他能顶个甚用?"一个个全给推掉了。

二姑夫为什么不同意二黑眼找对象呢?其实,还是有原因的,二哥威世与邻村的一个女孩自由恋爱,因为家里拿不出聘礼,所以婚事迟迟不能确定。二姑夫是想等着能拿出聘礼的合适人选，才能答应二黑眼的婚事。

真是好女百家求，不久，又有人来给二黑眼说媒，说的是北村李八的大儿子李银科。李银科大二黑眼10岁，长得相貌中等，人也老实，但也不乏精明。李银科曾当过生产队长。最重要的是，李八愿意拿出彩礼娶二黑眼做儿媳。他家出了八百元彩礼，外加七身衣服，有棉的，有单的，有里穿的，有外穿的，还有两双鞋，三双袜子。衣服、鞋袜是给二黑眼的，那八百元彩礼二姑夫收下，自然是准备给威世娶媳妇用的。

有了这经济基础，威世和他相好的姑娘很快就确定了恋爱关系，准备结婚了。

二黑眼的婚期快到了，不久，被娶过门了。在李家，婆婆至上，她老人家从没给过二黑眼笑脸。那时她才十七岁，却成了受气的小媳妇。每天早上早早起床，她为公婆倒尿盆子，烧火煮饭，打扫家，然后随丈夫下地劳动。

婆婆不高兴的时候瞅着二黑眼就骂："你大（爸）你妈就差割女儿的肉卖了！"她低着头含着泪，不敢吭声，但心里明白，这是因为爹爹收了那八百元的彩礼。她只能忍着，去不停地干活。好在李银科心疼媳妇，从没有对她高声言语过，更没有动手打过，这也算是她修来的福份，遇上了一个好丈夫。

日子就这样过着，地里的，家里的活计，二黑眼都得干，直到累弯了腰。

年复一年，二黑眼相继生了六个孩子，三儿三女。孩子们是个个聪明、仁义。难怪李银科不无自豪地，常常对外人说起，别看我老婆丑，但是给我生了几个好娃娃，真是给我们家立了大功。李银科的弟弟妹妹陆续成了家，大家庭也就分开了，各自分门另过。直到这时，二黑眼才不用再受婆婆的气了，可以抬头走路了。

包产到户那年，二黑眼当了养猪专业户，养了二百多头猪，院里的猪圈太小了，而且养猪也影响居民区的空气。乡里大力支持农户养猪，准备给她拨片地，并让她自己选地方。她看中了西面背靠渠的那块地，乡里拨了两亩地，还准备给她无息贷款三万元盖猪舍，买猪仔。但她却没敢贷款，害怕万一赔了，这三万元可是一辈子也还不清的呀。她用葵花杆围了猪圈，可猪的天性就是拱，猪圈不是这儿被拱开口子，就是那儿被拱开口子。猪跑到地里，作害庄稼，她就追猪，砌栅栏，忙了一年，卖了猪，家里娃娃大人没舍得添一件新衣，卖猪钱全用在买材料。全家人一起动手盖猪舍，有了猪舍，就不用到处跑地追猪回圈了，辛苦是辛苦，有收获就行，日子总算好过了。

包产到户以前，二黑眼给队里放了几年羊。她放牧的羊群，羊儿个个活蹦乱跳，母羊下的小羊羔都能存活。在她手上，羊群不断壮大，队里的人都佩服她，称她是个人才。

那时，公社养猪场的饲养员换了一茬又一茬，猪就是养不肥，出栏数少，刚下的小猪仔成活率也低，好多人推荐她去公社养猪场。她对待猪场的猪，就象对待自己家的猪一样，细心养护，猪场的猪们开始变得个个膘肥体壮。每当有母猪下仔时，她就日夜住在猪场，守候在母猪身旁，精心接产。小猪们在她的悉心照料下，个个都存活下来了，没有一个夭折的。公社养猪场里猪的队伍也在不断壮大，给公社带来了经济效益，她也因此获奖。第一次获奖是获得人民币40元，第二次是获得一块红绸布，还有一次是获得一辆自行车，那墙上的奖状就多得不用说了。

包产到户那年，公社养猪场也解散了，把母猪分别卖给社员家养了。二黑眼买了两头自己亲手喂大的母猪，又托人从旗里原种场买了一头公猪。半年后，一头母猪就下了一窝猪仔。她自己留了两头小母猪，其余的都卖了，这下有4头母猪和一头公猪，她成了养猪专业户。两年时间里，这些母猪共下了5窝小猪，每窝有10多头，都成活下来了。还没等她吆喝着去卖猪，便早有汽车上门来收购了，而且是一抢而空。她的猪，膘情好，她的人情也好，从不跟人要高价。

二黑眼前前后后共养了八年猪，经济效益也是可观的，虽然人力物力也投进去不少。孩子大一点就开始帮她打猪草。每年都是春天就开始打猪草，边喂猪边贮存，等到秋天，贮存的干猪草堆得像座小山。

二黑眼没上过学，不认识字，只会写会认自己的名字和男、女、大、小等为数不多的字，算个文盲吧。但她和普通农村妇女不一样，不光看眼前利益，更有长远打算。她想的

是尽可能尽最大努力，把自己的几个子女培养成人，她不想把孩子只拴到身边，拴到家里，拴到她的养猪事业上，她还有更长远的打算。

大儿子双全17岁初中毕业，在家种地两年，19岁。二黑眼让双全当兵去部队锻炼，或许能留在部队或是留在城里当干部。农村出来的双全，人老实，能吃苦，又肯干，积极要求进步，在部队入了党，提了干。他转业的时候，被分到旗里团结乡武装部当部长，也算是为母亲争了光，那是二黑眼的骄傲。她逢人便讲，我儿子在武装部当部长，是国家干部。

二儿子长到18岁，又让他当兵去了，二黑眼托人给二女儿下了城市户口，到头道桥果树厂当会计去了。三女儿农闲时去城里学裁缝。村里人都说这个老婆把娃娃都打发出去，将来身边没人，谁和你种地呀？连她的丈夫李银科也丈二和尚摸不着头脑，挖苦她说，你把娃娃们都打发走，就剩我一个人种地，你想累死我呀？二黑眼说，我不也和你一样干活吗？银科继续说，将来闺女们生了娃娃，你去伺候月子，我在家里连个煮饭的人都没有。二黑眼不着不急，她自有打算，她想把孩子们都培养成才，这是她的一个愿望，可以说是她的一个朴素的理想，更是一个令村里人所不能理解的愿望。

二黑眼的辛苦终究是没有白付出，她终于如愿以偿了。二儿子当兵几年后，回家帮她种地；三儿子学医，毕业后在街上开诊所,相当于是全家人的保健医生;只是大女儿娉得早,一直在务农。

一个只认识自己名字的农村妇女,通过自己的勤劳和智慧,改变了一大家人的命运。

二黑眼的后半生

二十四年前,表姐二黑眼的丈夫李银科,久病不愈,渐入膏肓,他自知去日不远,弥留之际,恋恋不舍。他再三安顿妻子说:"等你吃完家里攒下的这三万斤麦子,我就来寻你。"表姐二黑眼含泪点头应许。

不多日,李银科便撇下二黑眼母子,撒手而去。

三万斤麦子,在我看来,确实太多了!

后来,我问二黑眼:"这三万斤麦子,你们母子,能吃多少年?"她不屑地说:"一年才能吃多少了?不等我吃多少,就让虫子磕完了。"

这让我想起了一个笑话:"树上落着五只鸟,一枪打落一只鸟,问,树上还剩几只鸟?"

我会意地笑起来,真佩服二姐的睿智。她没有按李银科给她安排好的路子去走,她把这三万斤小麦全卖掉了,用卖得的钱还了李银科看病的欠款，剩下的钱供学生用。

二黑眼的三女儿三丽，其实那几年已经到了适婚年龄，只是因为在家侍候病中的父亲，所以推掉了婚事。父亲去世后，三丽已是大龄女了。对于女儿的婚事，当母亲的也不愁，并认为，是她的姻缘总跑不了，适合的人肯定在等着她。

二黑眼估计准了。果然，有人来给三丽说媒，是三道桥的小伙子，名叫张永林，年岁和三丽相仿，长得一表人才，厚道但也聪明。两人一看就中，谈了一段时间，觉得合适，两家就办了喜事。

这下，家里就剩二黑眼一个人了，大女儿、二女儿、大儿子都已成家。二儿子拉拉在外地当兵，三儿子海海上学。

她一个人养猪、种地，没个帮手，日子过得比较艰难。况且那几亩地，也收入不了多少钱。

后来，有人提醒她，不行的话就改嫁。

二黑眼也考虑，一个人没个帮手，还想供儿子上学，以后还要给两个儿子娶媳妇，确实太难了，如果能有人帮一把倒也是个好事。

她动了改嫁的心思，托人打听合适的人选，条件是：必须帮她供养、拉扯这两个儿子。

你别说，真还打听到合适人了。

这个人是阿盟建设兵团六团的人，名叫吕聪明，比二黑眼小两岁。

吕聪明本是河南人，多年前随父母、兄、妹一起，从河

南移民到磴口四坝乡。二黑眼所在的村子离阿盟左旗的六团不算远,两地的人们也经常往来,其中好多人有亲戚关系。

说起吕聪明,就不得不说他的前妻。

六团有一个天津女知青,精神出了问题。有一年团部发出征婚广告,想给天津女知青招个上门女婿,来六团照顾女知青的生活。

吕聪明的外甥把这个消息告诉了他母亲,他母亲(也就是吕聪明的姐姐)正愁弟弟找不上对象了,觉得弟弟正适合,于是吕聪明便前去应征。

团部领导一看,吕聪明人老实、厚道、勤劳又肯吃苦,再合适不过了。

六团领导对吕聪明提出要求,一定要好好对待天津女知青,而且给他的条件是,转成六团工人,有工资有住房,真是两全其美的事情。就这样,吕聪明和天津女知青结为夫妻。

那个天津女知青是怎么回事啊?为什么会出现精神病呢?想必是遇到什么重大刺激了吧!

说起这事确实让人心痛。

原来这个天津女知青,当年曾嫁了一位六团的男知青。照理说,他们同是天涯沦落人,应该是相怜相惜,能安稳度日吧。

谁知,这男人脾气暴躁,稍不顺心,就会对女知青拳脚相加。婚后几年下来,频繁的家暴致使天津女知青精神失常了。女知青远在天津的父母早已去世,只有一个姑姑还在世,但年岁已大，照顾不了她。她再无去处，只能留在六团。团部领导对女知青的婚姻状况实在看不过眼，便采用行政手段，强制他们离婚。

离婚时，他们已有一个三四岁的女儿，天津女知青当时还有孕在身，男人把女儿领走了。

吕聪明与女知青结婚三个月后，女知青生下了儿子。吕聪明将这孩子视同己出，百般呵护，一家三口一起生活了十几年。

纵是吕聪明经心照料，女知青的精神病也没有痊愈，后来不幸病逝。他与儿子相依为命几年，儿子患白血病，医治无效，也夭折了。

当有人给二黑眼介绍吕聪明时，他已是光棍一条了。不过这时的他，不是简单的回到了原点，他已经有了十几年的积累，相当于一个"小地主"了，自己名下有一百亩土地，还有一坡羊，只是缺个管家的女人。

吕聪明了解二黑眼的情况后，捎话说他愿意帮二黑眼拉扯这两个儿子，供学生，帮两个继子娶媳妇。

别看二黑眼大字不识一个，人却很精明，这时她又多了一个心眼儿，心想这吕聪明看上去老实厚道，他果真有那么多地？那么多羊吗？空口无凭，还是眼见为实。

二黑眼亲自去了一趟六团，实地考察了一番，确实如吕聪明所说，有一百亩地，一坡羊，只是缺一个管家的女人。

她回到家里，考虑再三，觉得这一步必须走。但她又多了个心眼，暂时先不告诉子女们，尤其是不能让正在上医学院的三儿子海海知道。唯恐孩子知道了母亲改嫁一事，会产生心理负担，认为母亲是因为供自己念书，不得已才走这一步的，可能就会退学。

二黑眼等秋收完了，把猪卖了，家里收拾好，托人照看着，然后就去了六团，并与吕聪明办了结婚手续，那年二黑眼五十四岁。

结婚后她才知道，吕聪明的大哥一直在给吕聪明当管家。

二黑眼和吕聪明领了结婚证，简单办了个事宴，就算是正式夫妻了。大哥和他们夫妻俩一起生活了不多时，便知趣地离开六团，回磴口四坝自己的家了。

除了自家那一百亩地，二黑眼把周围的荒漠全部走遍了。在六团这片儿的沙漠里，到处是野生的苦豆和结蒿籽的蒿草等植物，二黑眼看到这些植物仿佛看到了遍地黄金。秋天里，她把这些苦豆、蒿草收割回来，剥出苦豆，打出蒿籽，还要把散落在沙漠里的苦豆和蒿籽也要扫出来，拿回家，清理晒干了，上街卖掉，每年能卖个两三千块钱。

团里的妇女们看见二黑眼从沙漠里往出扫蒿籽卖钱，都哧哧地笑她，这个老婆眼睛真小，把这点钱还看在个眼里。

她每天早早把三十只羊放出去，放羊时顺便割草带回来，吕聪明则种那一百亩地。

两人起早贪黑没明没夜地种地、放羊、接羊羔。每年地里的收入加上卖羊羔、摘苦豆、捡蒿籽，能收入五六万元。

话说当年二黑眼改嫁吕聪明时，没告诉子女们。等到了年底，小儿子海海从医学院放寒假回来时，二黑眼才把这事告诉了子女们。过年时，孩子们全部去六团跟二黑眼和吕聪明过年。见了憨厚的继父吕聪明，他们便理解了母亲的苦心，一家人欢欢喜喜地过了个团圆年。从此海海念书的学费也有了着落。

成一家人了，孩子们时常去六团看望母亲和继父，农忙时也去帮忙收割。

二拉从部队转业后，先回南渠村里种了两年地。二黑眼便把二拉招呼去六团，帮他们老俩口一起种那一百亩地，互相也有个照应。

三儿海海医学院毕业后，自己开了诊所。遇上了合适的对象，二黑眼与吕聪明出钱给海海娶过了媳妇儿。

二拉后来也在六团遇上了合适的对象，一起生活。

前几年，六团盖起了住宅楼，二黑眼和吕聪明也争取了一套，当然，自己也出了一部分钱，老俩口住上了楼房。

二拉和媳妇儿住在原先的平房里。

生活宽裕了，二黑眼和吕聪明又出钱把二拉住的土坯平房翻盖成了起脊砖房。新房的院子大，房子冬暖夏凉，一家人过上了幸福生活。

唉！世事难料啊！

前几年，吕聪明患上了前列腺癌，二黑眼的几个子女带着继父到处求医问药。吕聪明反复住院治疗，子女们陪床服侍，

就像对待亲生父亲一样。同病房的患者及家属都夸吕聪明的子女孝顺。

直到有一天,大女儿清丽去病房看望继父,称呼他为二叔时,同病房的患者和家属这才愣怔了,哦!原来不是亲生子女,那是……有人问吕聪明,你是小叔子娶了寡嫂?不是,后来,人们才明白是怎么回事。真是难得呀!半路夫妻胜似原配夫妻。

吕聪明的前列腺癌治了几年,又并发了尿毒症,多脏器功能衰竭。在老伴二黑眼和众多继子女的陪伴下,安详地离开了人世。

吕聪明去世后,二黑眼和子女们操办了丧事,把吕聪明和他的前妻合葬在了一起。

二黑眼的所作所为,让周围人由衷地佩服。

那年清明节,二黑眼和拉拉又去上坟,给吕聪明夫妻烧了纸火。

善良、仁义的二黑眼。

那年夏天,二黑眼感觉吃饭有点噎,孩子们闻讯后,便带着母亲去医院检查,最后确诊为食道癌。子女们不知问寻了多少专家,纠结了多少日子,手术吧?已经73岁的人了,那么大的手术母亲还能承受住吗?

放疗化疗吧?也是一把双刃剑!母亲还是要受罪的。

怎么办?

二黑眼的子女们和我也商量过几次,权衡利弊后,终于做出了由三儿子用中药偏方给他母亲治病。这样能让母亲少受点罪，能活多久算多久，毕竟这样一来，生活质量就会高点。

治疗方案一定，大女儿青丽一家，由外孙常乐开车，带着二黑眼去北京旅游了几天。这位劳苦了一辈子的农村妇女，亲自来到了伟大的首都北京，她的这一生也就了无遗憾了。

接下来的日子，二黑眼住在三儿子海海的诊所里，吃中药，休养。

海海遍访名中医，打听偏方，按疗程给二黑眼服药。她的病情也渐渐缓解，能吃流食了，有时一天能喝二斤牛奶。

春节疫情开始严重时，二黑眼的病情也加重了，曾有两天流食也吃不进去，海海只得给母亲输营养液维持。二黑眼开始给子女们交代后事。

海海又给试用了几种偏方，二黑眼竟然又活了过来。

她的病情时好时坏，就这样维持着。子女们轮流住在诊所里陪护着，维持了一年时间。

二黑眼临终前二个月就给子女立了遗嘱。把她和吕聪明这些年来积赞下的存款，除留下部分治病花费和身后用项，其余都给六个子女做了分配。把一百亩地和楼房也做了分配，二黑眼到闭眼也是个明白人。

今年七月二十号早上九点多，二黑眼闭上了眼睛，离开了她心爱的孩子们。她坎坷的一生，就此划上了一个比较完美的句号。

其实呀，生老病死从来就没有饶过哪一个人。

嫂子的婚姻哲学观

二姑舅田志明,是四姑的二儿子,小名叫二仁。他再婚后随女方定居在五原县城,至今已有八九年了。近几年,夫妇俩的生意越做越红火,生活宽裕了,故多次邀请我们这些住在临河的姑舅妹妹、弟弟去五原,到他家里小聚。

2019年春节,我们几个叔伯兄妹商量好,要一起去五原看看哥嫂。我提前和二仁哥通了电话,约好正月初六,我们去五原小聚。

初六上午,我们组织的亲友团:郭建军、章园梅、郭子源一家三口;郭红霞、梁红志夫妇;郭柱、秦丽夫妇;郭永霞、樊江红夫妇以及我,一行十人,开两辆车,奔赴五原县。

我们从临河东上高速,行驶约半小时,从刘召下高速,在导航引导下,直奔盛世佳苑小区。

这是五原县城里一个较大的小区，有十余栋住宅楼，楼下开了一些门点，有生活用品超市，服装店等等。

我们是外来车辆，被小区门口的栏杆挡住去路，我摇下车窗，对物业人员说："过年好！我们是来串亲戚的。"栏杆就抬了起来，我们的车开进小区，打通电话，二仁哥下楼迎接。

二仁哥虽然六十多岁了，但身材依旧，看上去岁月也不曾将他的帅气消磨多少，依然是浓眉大眼，一脸阳光，一头浓密的黑发，哪里像六十多岁的人。

大家握手，互致问候！二仁哥领我们走到里面的八号楼，说他家在七楼，没有电梯，大家准备好爬楼梯吧。我们几个面面相觑，苦笑了起来。七楼？确实有点高！没办法！爬哇！兄弟姊妹正准备爬楼梯，二仁哥笑了，"电梯在里面了"。果然，里面有电梯，一群人笑起来，原来，他和我们开了个小玩笑。大家拥进电梯，说笑着就到了七楼。

女主人已在家门口等候我们。二嫂五十多岁的样子，中等偏高的个子，体态丰满，系着围裙，面容秀丽，面色红润有光泽，笑容可掬，说话声音洪亮、干脆、语言简洁、没有客套话，一看就是爽快之人。我们被迎进家里。

二嫂一个劲儿地抱歉说："我们买的房子太小了，才八十多平米，平时就两个人还行，过年过节人一多，就显得有点挤憋，大家快坐哇。"我们分别坐在客厅沙发上，小凳子上和床上。只见客厅茶几上和电视柜上摆满了水果、瓜子、麻花、茶食子、糖块等吃食。二嫂沏茶、倒茶，不停地让我们吃零食。

我打量了一下房屋结构，一厅二室，一卫一厨。客厅靠西墙摆满了沙发，对面是电视柜和电视。客厅南面分两部分，东侧是厨房，西侧部分与客厅连在一起，放了一张大床，像一盘大炕，两边顶满到墙。一进家门，东面是卫生间，往南是一个大卧室，带小阳台。阳台放了一张桌子和一把椅子，桌上有台灯，这是二哥的简易书房。房子面积虽然不大，但非常紧凑，家中干干净净，一看就是个精巴人家。

二哥二嫂边招呼我们喝茶，吃水果，边进厨房忙着做饭，两个人交替出来和大家聊家常。

吃了一会儿零食，夫妻二人就把准备好的凉盘端上茶几，白酒、红酒也倒上了。二嫂自豪地说："这些熟肉都是你二哥亲手煮的，猪肘子，猪蹄子、牛肉、猪头肉、猪皮冻、还有肉丸子、酥鸡、红烧肉、也都是他做的。你们多吃，都是自家的，干净！就像过去农村的味道。你们吃，我去炖鱼。"二哥接过来说："快我炖哇，我炖得香，你系上个围裙，假装是个主厨，其实转来转去还是得我做，快把围裙给我哇！"大家哈哈大笑起来，二嫂也笑，解下围裙递给二哥，说："我不太会做饭，其实平时你二哥做饭时候多，他做得好吃，我就是打个下手。"

我们边吃边聊。

二哥二嫂是再婚。二哥离异多年，离婚时，他把两套房子和所有财产都留给了前妻，净身出户，为得是让前妻照顾好两个女儿。他自己出来创业，但是一直不顺利，后来陪四姑在杭后一起生活了几年。西安的姐姐姐夫介绍他去西安某高校开校车，他去西安待了几年。

后来，经人介绍认识了现在的二嫂。

多年前，二嫂的前夫患癌症，为他治病，几乎倾家荡产，也没有挽留住爱人的生命。二嫂很爱他的前夫，据说他的前夫长得也很帅。我猜想，大概和二仁哥一样帅吧！

前夫去世后，二嫂瞅准了旧货生意，在市场租了地方，领着她的姊妹干起来。二嫂自己开车，亲自去包头，鄂尔多斯等地，找有拆房的居民区，看见品相不错的家具、门窗、小摆件等，低价收进来，等有需要的人看上，给合适的价钱再卖出去。好多人对这个生意直摇头，那能挣了钱？二嫂坚持不懈，居然挣钱了，还清了外债，还添了商铺。

在合适的时候，二嫂遇上了合适的人。二仁哥当时虽然是个一文不名的背包客，但能吃苦，有潜力呀，而且一表人才，相貌堂堂。哪里去找这样的好搭档呢？二嫂爱貌不爱财，两人处了一段时间，觉得脾气相投，能互相理解，相互包容，这就组建了家庭，至今已有八九年了。

二嫂自从有了二哥这个好帮手，简直就是锦上添花，生意越做越好。二哥多才多艺，年轻时学过木匠，这时英雄有用武之地了。二哥改造旧床，做新床，二嫂包床，连明昼夜，最多一天二嫂能包十几个床。二哥也得改造或新做十几个床，才能供上二嫂包床。

就这样，夫妻二人凭辛苦和聪明智慧，把生意做得红红火火。二嫂娶了儿媳，聘了闺女，买了盛世佳苑现在的住房，还买了小区内一楼的商铺，经营起了服装生意。

我们不无感慨，二哥二嫂再婚能过得这么好，相处这么融洽，真是不容易啊！这也可以说是个"技术活儿"啊！

二嫂不见外地说："婚姻也是需要经营的呀，再婚的婚姻就更需要经营，才能走下去。"她感慨地说："到了这个岁数再婚，都是过来人了，都有不少经历，所以你聪明，我精明，谁也哄不了谁，相互只要看一眼脸上的表情，就知道对方在想什么了，谁也瞒不了谁。所以两人必须以诚相待，真心相处，这样才能过好日子，谁也不要耍小心眼儿，没用！只有真心，真诚才能过好日子，有话说到明处，有事摆到桌面上，把话说开了，也就不容易产生矛盾了。"

细细品味，二嫂的话确实很有哲理。再婚需要以诚相待，初婚何尝不是这样呢？二嫂总结的婚姻哲学观，确实有道理，而且简单明了。

二哥炖上鱼后，把蒸好的河套硬四盘从蒸锅里一一夹出来，放到茶几上。有肉丸子、酥鸡、扒条肉三道硬盘，一式两份，还缺一道清蒸羊，现在都改成炖羊肉了。我们开始品尝河套硬四盘。我吃着香嫩可口的肉丸子，问二哥这是牛肉丸子还是羊肉丸子？二哥反问，你们吃出是羊肉味还是牛肉味？有人说牛肉，有人说猪肉，二哥笑了，这是牛肉和猪肉混在一起做的。为甚要混在一起了？二哥说，单用牛肉太干，单用猪肉有点油腻，混起来了，正好软硬适中，还比较嫩，嗯！真是个好办法。

看着切成薄片的扒条肉，肥肉多，瘦肉少，我不敢下筷子。二哥鼓励我说："勤吃了，不腻，蒸得已经把油出尽了，看着肥，吃着不腻！"我夹起一片，醮了点蒜醋，放在口中，滑溜溜的，真香！二哥的厨艺确实不一般！

我们一帮妹妹弟弟逗二哥说："二哥你真好命，再婚还能找上这么好的嫂子。"二哥也不谦虚："你二嫂能找上我，她的命更好！"大家笑成一团。

二仁哥又陆续把炖好的鱼端上来，炖好的猪肉排骨端上来，哥嫂劝大家尽情吃，尽情喝。

二仁哥虽已年过半百，半道还能遇上如此豁达、知性的女子为伴，确实是他的幸事。我们由衷地替他感到高兴，祝愿他们幸福永久。

小城里的大诗人

古镇陕坝,出人才;古镇陕坝,也出诗人。

据说,古镇陕坝出了一位叫李明的诗人。我还听闻,他的诗在全国都小有名气。他被中国作家协会吸收为会员,确实是很不容易呀!当然,这是古镇陕坝的骄傲。

我曾在"北假"微信平台上阅读过李明的诗。

作为家乡人,我在为诗人感到骄傲的同时,也还有些好奇,不知诗人到底是个什么模样?

常常诗人留给人的印象,总是很浪漫、新潮、前卫或是稍稍有些怪异。总之,被冠以诗人头衔的,似乎总是与人间烟火保持着一定的距离。

而且,诗又总是与远方联系在一起。

正如王维的那两句经典,"行到水穷处,坐看云起时"。

在同学的引荐下，我去拜访了李明。之前，我在微信平台上也见过他的照片。

那日，我们在他的单位办公室相见。

结果呢，眼前的诗人李明与我想象中的诗人形象和气质还是有些出入。

诗人李明，给人的第一印象，很普通，也很朴实，普通到如若在人群中，谁也不会把他当成诗人。

李明虽然普通，却因戴着一副近视镜，所以看上去，还是与普通人有些不同的。或许，那就是多年的学识所润泽出来的儒雅气质吧。

后来，再读李明的诗，便会感觉到，确实是诗如其人，人如其诗，均是一样的朴实无华。

在李明的诗中，看不到那些花里胡哨的标新立异，能看到的只有河套故土那样的朴实，还有那束掩饰不住的理想光芒。

读李明的诗，让我对现代诗人有了新的认识。

原来，诗可以不在远方。诗就在近旁，就在家乡，就在河套这片沃土之上。

比如，我们来读一下李明的《古镇陕坝》：

我来到这里时，
它已经一百多岁了
饱经风霜

脸上的皱纹
一页页历史
满是沧桑

我是它忠实的居民
居住在偏僻的一角
古镇很古
我便年轻了
生存与写诗
两样都很重要

十字街的转盘
转动古镇的繁华
眼前是现在
抬头是未来

我是个现实主义者
穿梭于古镇的大街小巷
用辛劳喂养生活
用文字打发寂寞
看着每天长高的楼房
我的心在飞翔

诗中流畅的词句简洁明了，充满了朴素的生活气息，让人仿佛身临其境。

再读《沙尘暴》：

不知怎的，我竟爱上了
春天的沙尘暴，这个黄脸女人
一路小跑，路过我的家门
我看见她佝偻的背上
落满尘土

每年春天她都要光顾几次
看不见她，我的心里就有点慌
就觉得这个春天
缺少什么

如今她来了，春天就不单调了
她的身上沾满了尘土
拍一拍，落了一地
一粒粒都在喊渴

本来，沙尘暴在古镇陕坝，是种非常烦人的气候现象。黄沙漫漫，遮天避日，给人们的出行，劳作都带来了诸多不便。但沙尘暴又是古镇陕坝的自然现象，虽说近年来植树造林的治沙效果比较明显，沙尘暴出现的次数减少了，但也还是客观存在着的。

没想到，诗人竟把这令人烦恼的气候现象当作了调侃的对象，并上升到诗的高度，读后真是令人忍俊不禁。

诗人已把这让人无可奈何的烦恼化作了笑料，让古镇陕坝人与沙尘暴握手言和，一笑泯恩仇了。

细细品来，竟会感觉一丝禅意在诗中。

而最让我感觉有禅意的，是李明那首《朋友老明》，我把它当作是诗人李明的自画像：

  黄河岸边，朋友老明
  用诗筑起一间小屋
  文友三三两两
  把那些方块字
  随意一摆
  就弄出些味来
  让大家品尝

  菊花开的时候
  很深的秋，被老明
  一杯茶焐热
  对着那轮明月
  老明沉醉不归

找到了知己

　　夜里，我总听到一种声音
　　浓重的夜色
　　被他一页页翻过
　　就听见几粒星光
　　落在稿纸上

李明的这首《朋友老明》，读来颇有唐代诗人李白《月下独酌》的意境。"花间一壶酒，独酌无相亲。举杯邀明月，对影成三人"。

李明的诗，确实读起来令人轻松愉悦，有如沐浴春风。诗人道出了一代人曾经有过的迷惘。

再读《掌声》：

　　从左手到右手
　　潮水般地涌来
　　然后渐渐平息

　　台上台下
　　重复着
　　同一种姿势
　　有点随波逐流

盲目和无奈
在手掌心出汗

这让我想起
有些劳动
是多么没有意义

而这些没有意义的劳动,我们不是成天在做吗?只是已经习以为常了。而这时,如果有谁,愤世骇俗,独辟蹊径地走开,结果就是,他会把自己走丢了,很现实,也很无奈。

再来品读《一闪》:

时光一闪,我就,
步入中年。肩上的担子
越来越沉
闲暇的时候
买书、品茶
品人生的味道
偶尔也喝点小酒
醉眼蒙眬中
就听见岁月霍霍的磨刀声
似要刀刀见血
仿佛我们都成了

生活的敌人

确实，细思极恐，稍不留神，就已人生过半，人到中年了，真是岁月催人老，岁数不饶人呢！

不过，话又说回来，对于每一个人来说，时光又是公平的。

既然时光流逝，一去不回头，不妨在闲暇的时候，去买书、去品茶，偶尔也可以喝点小酒，品一下人生的味道，何如？

李明的诗，语言淳朴，视角新颖，确实能引人入胜，并引起共鸣。也许，这就是李明的诗能够走遍全国的魅力所在吧！

李明写诗虽然成绩斐然，但也仅仅是个业余诗人，他有自己的本职工作。写诗只是他工作之余的爱好。

不成想，这个业余爱好，三十四载勤学苦练，竟然成就了一位诗人。这可真是古镇陕坝冒出来的奇才啊！

偶遇文友赛林花

一个偶然的机会,在东升庙遇见了赛林花,这倒并不奇怪,因为后旗本是赛林花的家乡。

在这之前,我俩都还是在微信上只见其文,不见其人。

见到赛林花才知晓,我们竟是从未谋面的文友。

赛林花告诉我,她一直弄不清楚,文友郭春霞是否就是那个后旗好多妇女都熟悉的妇产科专家郭春霞?一见面,明白了,原来两个郭春霞确实就是一个人,这让她惊讶兴奋了好一阵子,心中的谜团终于揭开了。

我打量着赛林花,只见她身材匀称丰满挺拔,端庄秀丽的面庞泛着明亮的光泽,鼻梁上架着一副近视镜,无不透露着文雅的气息,能够想象得到,年轻时的赛林花是怎样的花容月貌。

一接触,还没等说上几句话,我便感觉出赛林花的直爽和热情，我俩一见如故。

赛林花2016年患乳腺癌，在天津肿瘤医院做了手术。

我本想说，乳腺癌算不了什么大病来安慰赛林花，可话到嘴边，一看赛林花充满阳光的笑脸，就知道我的安慰会是多余的。看得出，赛林花早已战胜了病魔，回归了正常生活，这是个心理健康的女子。

朋友说过，赛林花曾经是后旗交警队的警花。

年轻时的赛林花面容娇好，身材匀称，穿一身交警制服，往街口一站，真是亭亭玉立，别提有多美了，简直就是后旗街上的一道风景。

说起年轻时的工作经历，赛林花一本正经地给我们讲了一段故事。

三十多年前，有一次，赛林花和几位男同事下牧区办事，正遇牧民杀牛，吃饭时，有人提出要吃牛鞭子。她听了感到纳闷，怎么牛鞭子也能吃？转而又想，既然牛鞭子能吃，那它到底是个什么东西？她好奇地问身边的男同事，男同事把话岔开了，没有正面回答。她连问了几个同事，也没得到答案。最后，领导不得不出面了，"训斥"她，你个女同志，这么个问题，问个没完没了！众人开始掩面大笑，她却还愣着。

事后，她才知道，牛鞭子原来指的是公牛的生殖器。她这才笑着对我们说，当年她对汉语不太精通，蒙语和汉语对牛鞭子的用词不太一样，以致闹了个大笑话。

赛林花在后旗是一位有名的业余歌手,据说她的歌声像百灵鸟一样清脆甜美,让人着迷。

那天席间,我们终于听到了那百灵鸟般的歌声。

赛林花邀请在座的一位老朋友合作,为我们献上了那首经典爱情歌曲。我不说,你也能猜出来,就是那首《敖包相会》。在内蒙古草原以及与草原毗邻的城镇,几乎人人都会唱这首歌。但是赛林花与老朋友合作的《敖包相会》,唱出来的优美程度,可以说是达到专业水平。唱完后,赛林花抱歉地说,他俩三四年没有合作了,所以今天的音阶没有把握准,但我们听来已是很完美了。

接着,赛林花又为大家献了一首蒙古族民歌《白云的故乡》。她用蒙语汉语,交替演唱,歌声仿佛天籁之声,令在座的朋友如痴如醉。

她可真是个多才多艺的女子。

多才多艺的赛林花爱看书、爱学习,也爱写作。她曾为许多行业的优秀员工写过人物传记和报告文学。这些优秀员工便渐渐出落成了后旗家喻户晓的名人,成为各行各业的顶梁柱。当然,会写作的赛林花也成了后旗的文化名人。现如今,赛林花已是后旗的作协主席。

乔金华其人其事

乔金华在家排行老三,所以人们都叫他乔三。渐渐地,很少有人叫他大名了。

不过,还是有叫他大名的地方,那就是金华大酒店。乌拉特后旗政府从山后赛乌素搬迁到山前巴音宝力格,他的饭店也随着搬到巴音宝力格。这饭店就是用乔金华的名字命名的。所以乔金华的名字,人们还是忘不了。

乔三虽是饭店老板,看上去却和普通人没有两样,只是比普通人多了几分幽默。他有着与人自来熟的本事,人们和他在一起时,往往是他负责讲话,大家负责笑。不管什么事,只要用他的嘴一加工,你就等着哈哈乐吧。所以说,乔三是个有趣的人。

乔三有两件让他最为得意的事,他常常挂在嘴边。

第一件是:"我和市医院的外科医生乔山同名。"随即给众人扮个鬼脸，把左手举在头顶，拇指食指分开一寸，比划着，"我比乔山医生高这么一点点。"众人哈哈大笑。

第二件是："我家二女婿叫李波，和后旗医院外科李波主任同名。"大家看着李波主任咻咻地笑，李波主任瞅他一眼说："乔三选女婿时还要照着我的名字选。"大家忍不住又是——哈哈哈。

乔三有着与人自来熟的特点，使他与后旗医院的医生们处成了好朋友，而后旗医院与巴市医院是多年的友好协作医院。

在巴市医院还叫做巴盟医院，后旗医院还在后山的时候，两家医院就密切合作，后旗医院的医生和巴盟医院医生也就结下了深厚的友谊。

因此，朋友的朋友也变成了朋友，乔三与巴市医院的一些医生也处成了朋友。

乔三不无自豪地说，这么多年来，他家的亲人和他的朋友、邻居总共有140多人，都经他介绍去后旗医院或市医院得到诊治。只听乔三口气一转，接着说，非常感谢他的这些医生朋友。能够感觉到，感恩之心一直贯穿在乔三的言谈中，在如今社会这矛盾重重的医患关系中，真是很难得。患者家属对医生怀有的这份感恩之心，让医生朋友们暗暗感动。

乔三对医生的感激之情，在2020年的疫情中算是有机会让他付诸行动了。

2020年的新冠疫情发生，在疫情刚开始，所有医院都出现了物资储备不足的情况。乔三从网上订购了紧缺的消毒液等物品，价值约三四万元，捐赠给后旗医院，缓解了后旗医院的燃眉之急。虽然疫情期间，所有饭店停业，他也没有收入。但疫情期间，医护人员不辞辛苦地在一线照常工作的情景，感动着乔三。他把饭店储藏下的两大缸酸蔓茎、芥菜全送到后旗医院食堂，免费提供给医院职工食用。

前段时间，乔金华的二女儿在我们医院产科保胎20多天，就在出院前当晚，出现了胎心异常。产科郭翠兰主任及时为她施行了剖宫产手术，胎儿转危为安。产后才发现胎儿脐带扭转多圈，如不及时剖宫产，就会胎死腹中，确实令人后怕。

闲聊中我才知道，原来在十几年前，我给乔三的母亲做过手术，我对这事已没有印象了，但人家乔三再三地表示旗医院及盟医院的医生对他和他的家庭是有恩的。

当年我给她母亲做的手术很成功，他非常感激我们这几位医生，感谢他的医生朋友。乔三的感恩之心总是贯穿在他的言谈之中。

虽说治病救人，是我们医生的本职工作。但难能可贵的是，作为病人家属，并没有将医生的工作视为理所当然，而是把一种感恩的情素始终放在里面，确实让人感动。

医患关系本应该是这样和谐，本该是患者家属和医生相互信任、理解、配合，最后为治愈患者共同努力。作为医生来讲，在人民群众生命安全遇到危险时，救死扶伤、逆行而

上是我们医护人员的使命和责任。纵然如此,我们还是希望广大患者和家属能像乔三一样给予医护人员多一分理解,多一份信任。

开出租车的男孩

有一次,我在郑州新郑机场转机,取上行李出来,已是下午四点多。而回呼市的航班是晚上9时30分。

我实在不想浪费掉郑州的这几个小时,要知道郑州一带是中华文明的发源地之一,新郑可探访的古迹也是多的数不过来。我和随行的朋友合计了一下,准备利用这点时间去裴李岗文化遗址看看。

我们打了出租车。

出租车司机是位文文静静、身材消瘦的男孩子,他不知道裴李岗文化遗址在哪里?我说:"可以开导航。"

他问"裴李岗"是哪几个字?

"非—衣—裴,姓李的李,山岗的岗。"我告诉他。

"裴李岗是个村子。"他打开导航后惊讶地说。

"是啊,裴李岗应该是个村子。因为在那里发现了古代

文化的遗址,所以就用当地的地名来命名这个文化遗址,因此就叫裴李岗文化遗址。"我解释说。

男孩按照导航指引,载着我们朝裴李岗村驶去。

一路上,我和男孩聊了聊天,得知男孩在郑州开出租车刚刚一年多。一般情况下他只是在郑州市区跑出租,也去郑州机场送人。郑州机场是在新郑,但他很少去新郑市区,所以对新郑的景区不熟悉。

而当我们说起他的家乡开封时,男孩顿时精神起来。

他说,那可是七朝古都啊!可看的景区可多了!

男孩如数家珍般地给我们介绍了"开封府""开封铁塔""清明上河园景区"等等。只见男孩满脸洋溢着不可言说的自豪。

闲聊中得知男孩家住在开封市的农村,他今年30岁。

我随意问了句:"成家了吗?""没有",男孩回答。

"哦,你们这儿也兴晚婚?"我无意地问道。

"不是的,是因为家里穷才晚婚的。"男孩说,"我们这儿娶媳妇,光是彩礼钱就得出20万元。"

我惊愕了一下,沉默了,不知该怎么去安慰这孩子。

沉默一会儿,我又打开了另一个话题,"你上学到什么程度啊"?

"初中毕业"。

"为什么不继续上高中和大学呢?"

男孩沉默了一下,说:"那些年,我爸做狐狸养殖生意，让人坑了。家里欠了债。"

"我家姐弟三人，我最小，我和哥哥初中毕业就外出打工了，父母在家里种田。"

男孩继续说："这10多年来，我打工去过好多地方，起先去的是深圳，后来去了东北，最后又回到郑州。"

"姐姐出嫁了，哥哥刚成家，妈妈帮哥哥带孩子。"

"在外面打工时间久了，就觉得想家，想回家乡，干一份比较固定的工作，不想东奔西跑了。"

"所以，这两年回来在郑州开出租车，这样离家近一点儿。"

我问他："你这样跑出租车，一个月能挣多少钱？"

"除去油、气费，管理费等，每月能挣六千多吧。不过还要付房租，每月一千多元。如果和别人合租，能便宜点儿。"

"你有对象了吗？"我又问道。我这人有中国大妈的通病，见着男孩、女孩就爱问人家有没有对象。

"还没有呢。"男孩害羞得脸红了。

"那你想找一个什么样的女孩呢？"

男孩笑了，"找一个普通的女孩子吧，能和我一起买房，一起养家就行"。

他又说："有钱人家的女孩也看不上我这样的人。"

说话中，我们穿过了一片一片的绿色田野，来到裴李岗村。

停下车来,见村口有仿古的泥土墙,村里有多处泥塑仿古建筑。问路时一位村民告诉我,"遗址现在正在挖掘,进不去的"。

我们与村民闲聊得知,裴李岗村是一个大村庄。目前村里人口有3000多人,但已经没有姓裴的村民了。村里人均占地不到一亩,人多地少,单靠种庄稼维持不了生活。所以,好多人外出打工去了,等收割庄稼时回来,收割完了再继续出去打工。

我们朝着村民所指的方向走过去,只见一片绿色的田野被铁丝网围了起来,路口处有个栅栏式铁大门。门锁着,铁大门旁边有一块石碑,上面刻着"裴李岗遗址"。

我们从铁大门向里望去,只见在搭有凉棚的田野里,被挖成整齐的长方形坑道,并且有高低不同的层次。几个工作人员,正在挖掘清理着什么物件,这应该就是正在进行的考古工作吧。

看了一会儿正在进行的考古工作,然后我们顺着黄土小路走下去,绕村一周,见有处院落墙壁上绘有裴李岗遗址出土文物图,并有裴李岗遗址简介。

裴李岗遗址位于裴李岗村西,该遗址出土的器物有独具一格的文化面貌,因此被考古学界命名为"裴李岗文化"。据考古证实,这个遗址的年代距今约有8000年,早于仰韶文化1000多年,属于新石器时代的遗址。

这个遗址是1977~1979年先后进行的4次发掘中证实的。

在裴李岗遗址考古工作停顿好多年以后，目前又重新开始进一步发掘。

看看时间不早了，我们自知不能继续看下去了，便决定返程，回新郑机场。

男孩开车带我们上路。

当出租车开到新郑机场二层平台时，男孩自豪地对我讲："当年建设这个机场时，我也参加了。"

"你的经历还挺丰富的。"我称赞道。

男孩自豪地点点头。

生活虽然不易，但这位男孩还是对生活充满着信心。不卑不亢，不急不燥，辛勤工作着，凭着自己的劳动付出，铺垫着未来的生活。

到站后，我们下车与男孩告别，致谢。

我默默祝愿这位男孩能早日遇见可心的女孩。

导游阿俊

  那年七月,我们去越南芽庄旅游时,接待我们的导游是一位来自海南省的小伙子,名叫阿俊,33岁,中等个头,长得结结实实,皮肤黝黑,戴着副眼镜,平添了几分斯文。

  几年前,芽庄开通了上海的旅游航线时,阿俊就来做导游。我想这是个适时、应势,能抓住机遇,敢闯敢干,努力奋进的年轻人。阿俊说话幽默、诙谐,但不乏精明、机智。他的举止得体,能让游客接受,而不会对他产生反感。

  "若不相欠,怎能相见。"这是阿俊的开场白,真还富有哲理,又带么一点诗意,让人眼前一亮,颇有接着听下去的欲望。

  阿俊很喜欢讲自己的故事,他说上小学时,父亲于他,有着三重身份,在学校里称校长,上课时称老师,回到家时称父亲。

身为小学校长兼班主任的父亲对他要求很严格，阿俊稍有懈怠，父亲便用激将法，"如果你能考第一，你就可以不写作业；如果你能考第一，你就可以……"。所以，小学时严格的学业训练，为他打下了扎实的文化基础。

阿俊的母亲，是以另一种方式来教育他的。母亲常对他说，咱家那只下蛋最多的母鸡，就是因为前世欠咱家的，所以今生变做母鸡来还债的。你看，那只母鸡下蛋下得把屁股都绷烂了，还在那么执着，那么勤奋地下蛋。

母亲教育他，做人一定要诚实守信。

因此，在旅途中，阿俊常说，"如果我欠了你们的，来世我宁愿做一只母鸡，也要去还你们的债。"

"如果来世你们家有六只母鸡，那只下蛋最多的母鸡，就是我！我要一个月为你家下35个鸡蛋。"

大家被他的幽默逗笑了，从这幽默里也能领悟出阿俊做为导游的难处，以及人生的不易。

他曾发到我们这个旅游团微信群中一首诗。诗是这样写的：

> 当初抱着光宗耀祖下南洋，
> 饱含了许多的不舍与无奈；
> 有工作的地方没有家，
> 有家的地方却没有工作；
> 他乡容不下灵魂，故乡安不了肉身；

一个叫家的地方找不到养家糊口的路，

找到养家糊口的地方却安不了家。

从此便有了漂泊，有了远方，有了乡愁。

有了无穷无尽的牵挂。

童话里的故事都是骗人的，

只有靠自己的努力才能换取明天的衣锦还乡。

不拼尽全力你为何背井离乡。"

是啊！世上哪有"离家近，又收入高"的好职业在等着你去做？这无异于是在等着天上掉馅饼。

这首诗让人深感无奈，却也催人奋进，不失为一首励志诗。

阿俊曾一路刻苦读书，高中毕业后，考上了国内很不错的大学。毕业后，他不甘体制内职业的约束，自己出来做生意，挣了一些钱，后来又赔得精光。

他从头做起，开始学习了导游的相关专业，考取了导游资格证。

他又学习了越南语，然后去旅行社应聘当导游，开始了他的导游职业生涯。

阿俊最早带的是上海的旅行团，几年以后又陆续带国内其他地方的游客。几年下来，阿俊经历了无数的人和事，练就了一身如何与人沟通、与人相处的本事。

他可以用讲故事的方式为大家讲解当地的历史、风俗人情，有时也会一本正经地，用冷幽默的语言讲一些曾经带过的游客的段子，令大家捧腹大笑。阿俊善于把整个旅行过程中的气氛活跃起来，让大家愉悦地观赏异国风光，也善于使大家尽量配合他，买些能用得着的越南特产等等。

这一路旅游，几天下来大家都与阿俊熟落了，我们问他："你成家了吗？"

"成了。"对于这个问题，阿俊的回答倒也爽快。

阿俊说妻子在海南家乡，他们已经有了一个刚满周岁的孩子。因为孩子尚小，因此妻子没有随他一起来越南发展，如今妻子在家带孩子。

"你们夫妻分居两地，你不想媳妇吗？"车上有人戏谑地逗阿俊。

"怎么能不想呢？不过还好，我每三个月能回家一次，休息半个月。"

阿俊给大家展示了他胸前挂着的宝石挂件，并告诉大家说："这是我结婚时，岳母送给我的。"

这像是一块墨翠雕琢的观音雕像。这块宝石看上去色泽温润，对光能透出墨绿色。

我端详了半天，不敢肯定地问："这是墨玉还是墨翠？"

"这是一块墨翠。"还是阿俊给大家揭开了谜底。

大家称赞着阿俊，遇着好人家了，岳母竟舍得给女婿送这么贵重的礼物。

阿俊却又开始给大家制造悬念,他说:"你知道吗?岳母为什么会送我这么贵重的玉石呢?"

大家不作声,盯着他看,看他怎么抖包袱。

他不动声色地说:"这是岳母要求我守身如玉啊!"

大家都愣了一下,随即被他的这一引申寓意,逗得捧腹大笑。

"那你当真守身如玉啦?"

"确实确实!"阿俊也笑了。

是啊!但愿这小伙子能早日淘到"金",回家乡与妻子亲人团圆。

晋祠的女导游

那天上午，太原下着中雨，我们还是按计划去游览晋祠。

晋祠，位于太原市晋源区晋祠镇，原名晋王祠，初名唐叔虞祠，是为纪念晋国开国诸侯唐叔虞（后被追封为晋王）及母后邑姜后而建的。这是中国现存最早的皇家园林，也是晋国宗祠。

我们开车来到景区附近时，雨已渐渐小了。到了停车场，我们姐弟三人和父亲各自撑伞下车，母亲因腿痛留在车上休息。

到了景区大门口，我们请了一位导游带领我们游览。

导游是位八零后女子，很善解人意，一路上搀扶着我父亲行走，不时提醒父亲留心脚下。

导游为我们讲解时，声情并茂、引人入胜、扣人心弦，

有别于其他景区的导游,因此深得老父亲欣赏。

与导游一路相随,一路交谈,大家很快熟悉了,我们也不时拉几句家常。

她自我调侃说,年少时不是好学生,尤其不好好学英语,英语考试只得三十六分;初中毕业后,回家割豆,却又实在不甘心,后又外出打工。幸好,遇上了好政策。

具有2500年历史的晋文化受到了政府的重视,政府欲将其发扬光大。

当地政府培训待业青年学习导游知识,使其掌握一技之长,增加就业机会。

她抓住了这个机遇,参加了培训学习。

这女子生性活跃,善于与人沟通。接受培训后,她在晋祠做起导游讲解工作。

虽然开始做导游讲解工作了,但她深知自己的基础知识薄弱,所以一边工作,一边挤时间学习历史文化知识,充实自己。

如今,她在这个岗位上已经工作了十余年,对于晋文化的了解程度可以说了如指掌。所以,面对游客时,她表现得胸有成竹,非常自信。

父亲逗她:"你有没有被游客问住的时候?"

"有啊!"女导游毫不遮掩地说。

"被游客问住时,你怎么办呀?"

"虚心向游客学习呀。这样一来,我的知识不就更加丰富了吗?"女导游回答得很爽快,也很真诚。

我们都会心地笑了,父亲连连称赞。

当介绍到"周柏唐槐"时,她对我们娓娓道来。原来,周柏共有三棵,其中的两棵是唐叔虞在建祠时分别栽在圣母殿两侧的,取"比翼齐年"之意。后来左边的凤尾柏在道光年间被砍伐掉了,而右边的那棵"齐年柏"似乎是思念左边的那棵老友,便逐渐向左侧倾倒,最后与地面的角度竟成45度。这让人看上去觉得很玄,感觉如果它继续倒下去,一定会压塌圣母殿的,难免让人忧虑。这棵将要倾倒的古柏被称为"卧龙柏"。不过你看,神奇的是,在它左侧不远处,恰好有一棵直立的柏树,身姿挺拔,健壮,其枝杈正好给倒下的齐年柏以有力的支撑。所以这棵健壮的柏树也被称为"撑天柏"。"卧龙柏"和"撑天柏"就这样相依相靠,像极了一位壮年汉子扶着年迈的老父亲。因此,这两棵柏树也被称为"父子柏"。

说到这里,女导游指着"父子柏",看着我们父子四人说:"这父子柏像不像今天你们几个成年子女扶着你们的父亲?让你们的父亲有依有靠?"

"像啊!"

她的这句话真是说到父亲心坎上了,老人顿时心花怒放,笑得合不拢嘴。

是啊!她的这个比喻,确实很形象,也很实际。

树且有"父子柏",相依相靠,何况人乎?

阿鲁科尔沁下雪了

2020年立冬后不久，我作为志愿医生，参加了内蒙古自治区医师协会组织的公益义诊活动，来到了内蒙古赤峰市阿鲁科尔沁旗。我到达的第二天，这里就开始下雪了。

这是入冬以来的第一场雪，我便想当然地把它当做阿鲁科尔沁对我们的欢迎仪式，因此，喜悦之情如同这纷纷扬扬的大雪充满了心间。

美丽的阿鲁科尔沁

阿鲁科尔沁旗就在科尔沁草原上，虽说是属于赤峰北部的一个旗，但实际距离通辽要比赤峰市近。

据说，科尔沁是明代一个蒙古族部落的名称，意为"带弓箭的近卫军"。阿鲁，意为北，因为该部落曾驻牧在杭爱

山之北,因此而得名。

那天旗医院派人去赤峰接志愿医生小组。

上午10时,我们离开赤峰市区,上高速。11时30分,我们在翁牛特旗服务区休息后重新上路,眼前便是一望无际的大漠风光,天苍苍,野茫茫,天似穹庐,笼盖四野。

穿越巴林右旗时,我们遇见了那条著名的西拉木伦河。只见河流蜿蜒曲折,流向远方,河水清澈,缓缓流淌。看上去河水不多,多处显露出河床。

远远可望见延绵起伏的山丘,一会儿我们便驶入山丘、沙漠间。大地显露出黄土本色,地表植物很少,因为现在已是初冬季节,戈壁草原也在休眠,隔着公路边的铁丝网围栏,还能遇见一坡又一坡的羊群。

车子驶进入阿鲁科尔沁旗后,道路边的树木开始增多,虽然树叶已落尽,树枝光秃,但略显单薄的树木给人以清爽和利落的感觉。

每个城市不论大小,大都已分出新区和旧区。阿鲁科尔沁旗也一样,我们进入了阿旗的新区。

新区的街道宽敞、干净,横平竖直,道路两旁的常青树木和落叶树木交相林立,人行道亦非常宽敞。道路两旁的楼房不算高,也不拥挤。我们看着这座新城,感觉有点像阿拉善的阿左旗。

我们到达住地时,已是下午两点。

第二天一早,我们来到新搬迁的阿旗医院。这是一家始建于1946年8月的二级甲等综合医院。医院内科室齐全，硬件设施齐备。

我们三位志愿医生分别与各专业科室的主任对接。

我所在的妇产科占据住院楼的11和12楼，13楼是手术室。

12楼全部是妇产科病房和产房。11楼部分是病房，部分是门诊。其其格主任介绍说，为了方便门诊病人就诊，也为了方便妇产科医生出诊，妇产科的门诊就与病房放到一个楼层上了。

我参观了产房、病房、门诊、护士站、盆底康复中心、新生儿游泳室、孕妇学校、阴道镜室、宫腔镜室，发现这家医院的妇产科已经很完善了。手术室里也有宫腔镜、腹腔镜设备，能开展宫腹腔镜手术，也开展无痛分娩。综合来看，这是家很好的二级医院了。

其其格主任说，妇产科现有医生十名，曾经也分成妇科、产科两个科室。但由于医生流动，以及女医生孕产期休息，倒不开夜班，近两年又合了回来。

还存在一个问题是，医院招不来助产士，产妇的产程监护，接产都是由妇产科医生来完成的。这就把医生的很大一部分精力耗费在产程上，而不能把精力用于妇科手术的创新和进步。说来确实有点可惜，但也无奈。

巧遇大学同学

这次活动的一大收获是遇到了大学同班同学常晓悦。晓悦是包头市中心医院呼吸科主任，我俩不是一个专业，又不在一个地区，所以，毕业后少有见面的机会。

据我所知，晓悦同学现在已经是内蒙古地区呼吸专业的大夫，一位受人尊敬的呼吸科专家。

这次的公益义诊活动，分了十个小组，每组三名不同专业的医生，分别走进赤峰市各个旗县的医院，义诊三天。我和晓悦恰恰就被分到了一个小组，一起来到赤峰最北边与通辽交界的阿鲁科尔沁旗。见面时，我俩那个激动、高兴，真是甭提了，要多激动有多激动，要多高兴有多高兴！

经历了三十多年岁月的洗礼和职业的熏陶与磨炼，晓悦显得成熟、稳健。但是她那充满阳光的脸庞和爽朗的笑声，还是一点儿没变，微胖的身材变化也不大。

阿鲁科尔沁的雪，下了一天一夜，到了第二天，还没有停的迹象。

天气预报显示，19日是大暴雪，听说旗里的学校也给小学生放假了。

一早，旗医院领导发来微信，让我们专家组成员暂时原地休息，今天不要去医院出诊了。

这可咋整？头一天下班时晓悦还约了一位老年病人，来医院会诊，说好是第二天早晨9点在门诊见面的。

旗医院呼吸科张主任打来电话，说病人已经到门诊了。

晓悦和我商量，约好的病人，不能不去看呀，且不说医德的问题，就说咱们做人也不能失信啊！

我说："是啊！应该去医院，约好的病人一定要看，绝对不能失信于病人！"

我俩穿好外套出了门。

真是少有的大雪，白茫茫一片，好亮眼，空气真新鲜。一脚踩下去就是一个深坑。我俩搀扶着，深一脚、浅一脚踏雪前行。头顶上的雪花很快就盖满了头，像是顶着一块白纱巾。

人行道上，有清洁工开出了一条通道，走上去感觉轻松多了。走着走着，便看见前面有一位清洁工手持一个长桶吹风机，呼呼地吹着通道前方的积雪。原来，吹风机也可用于清除积雪，好新鲜。

不到半小时，我俩便来到医院，晓悦如约看了病人，给出了诊断和治疗方案。

旗医院呼吸科张主任的爱人在自家小区，把积雪掩埋的轿车刨出来，开到医院，将我和晓悦送回住地。

寻找牛肉干

和我们一起来到阿鲁科尔沁的王大夫，是内蒙古医学院

附院消化科专家。在完成了义诊工作,准备返程时,王大夫便同我们念叨着这里有很出名的牛肉干,回家时应该带一些,也算没有枉来一趟阿鲁科尔沁。

晓悦也想买点牛肉干给女儿寄去。

王大夫打电话问同学,得知这个牛肉干的牌子的名字。

我们的领队,医师协会干事小马便上网搜索,发现这家牛肉干专卖店就在我们住地附近,大家便蠢蠢欲动。

我们四人不顾大雪路滑,出门去找这家店。

雪还在下,街道上不断有铲雪车缓缓作业,街上行人不多,过往车辆不多而且都在缓缓行驶。人行道上,也铲出了一条通道,没有铲过的地方,一脚踩下去,积雪便漫至小腿,小马特意用脚丈量了一下积雪的深度,路面积雪淹没了她的中腰靴子,她说:"靴子的高度大约是二十五厘米,好大一场雪啊!"听阿旗本地人说,好几年没有下过这么大的雪了。

我们沿着住地西边那条街道走过去,不远处的交叉路口,有条商业街,街两边都是各式商店、奶食店、蔬菜店、超市、饭馆等等,挨个看过去,却不见那家牛肉干店。我们问超市的美女老板,美女告诉我们,在前面交通局楼下的商业街,绿色的牌子,远远就能看见。

"交通局在哪里?"

"到了前面那条大街就能看到的,我也搞不清方向。"美女老板歉意地说。

我想起来，我好像见过交通局这个标志，应该就在主街道上，不远的。

我率领大家走上主街道。凭我的印象，是第一天刚进阿旗去吃饭时路过交通局的，应该是在我们住地的东边。

我领着大家，从我们住地门口往东走，过了一个红绿灯街口，再往下走，果然看到下一个红绿灯街口处交通局的标志。我们慢慢地走到跟前，确实看到有一条商业街，从第一家店铺看起，一、二、三，看到了，那家绿色牌子的牛肉干店，大家好激动啊！终于找到那家店了。再仔细一看，店门是关着的。店是找到了，但是牛肉干却没买着。

等待T302

原本，我们是计划19日下午结束义诊后，20日早晨出发，乘坐旗医院的汽车，中午就能回到赤峰，然后再乘坐下午三四点的航班飞回呼市。

没想到，却遇上了科尔沁这么热情挽留我们的大雪。真是盛情难却，但又不能不走。眼下情况是高速公路封路，国道也积雪难行，坐汽车回赤峰市的计划看来已经不现实了，如能乘坐火车则是最安全的办法。一打听，阿旗真还有通往呼市包头的火车，真是太好啦！

领队小马，及时向医师协会领导汇报，请示是否可以改乘火车返回，领导同意了。

我们三位医生去医院义诊,小马便开始张罗查询列车时刻表,协商退机票的事情。

小马查了半天,查到有一班列车比较适合我们四人,是19日晚上九点多的T302车次。长春发车到乌鲁木齐,路过通辽市,也路过阿鲁科尔沁旗,还路过呼市、包头,最让人激动的是这趟车还路过临河。这样,我们既不会影响白天的工作,也省去了倒车的辛苦。受益最大的应该就是我,不用三番五次的倒车了。

大家一合计,就这么定了,我们乘坐T302返程。

小马开始订票,结果发现硬卧没有下铺,只有上铺。这可咋整,王大夫和小马年轻,上铺没问题,我和晓悦,都是五十多岁的人了。晓悦直率地说,她爬不了上铺。当然我也不敢逞能,虽然我比晓悦身手利索点儿,但想想这18个小时的车程,爬上爬下也不是个轻松的事儿。

王大夫给她当地的同学打电话求助,同学问了车站售票处,确实没有下铺。

还是晓悦有办法。

晓悦原是铁路系统的子弟,她搜寻出一个表弟,现在成都铁路局工作。她便打电话求表弟给想办法,表弟托人帮忙,答复是:先买硬卧上铺上车,然后再找车长补下铺。事到如今,只能是这样了。

车票的难题总算解决了。

大家计划着,19日吃完晚饭休息一会儿,然后退房去车站。

临行前，晓悦的表弟又及时发来信息，说由于受大雪影响，这趟T302次列车大约会晚点四个小时左右。

"这趟列车不会停运吧？"我们都急了！

"不会的，这趟列车已经出发，并且到达通辽站了。"晓悦表弟让我们悬着的心又放下了。

通辽站到阿旗的查布嘎站只有两站地，大约3个小时的车程。

推算了一下，正点是九点多，晚点4个小时，那也凌晨一点应该到查布嘎站了。

我们合计了一下，晚上11：45从住地出发，请旗医院司机小邢去送站，十二点多他就能回家休息了，不能让人家半夜去送我们。我们在车站等一个小时，也不算长。

晚上11：45，小邢准时来接我们去查布嘎车站。据说平时也就不到十分钟的车程。但下雪路滑，我们行驶了二十多分钟，感觉车子是在往前挪。

晓悦着急了，"怎么看不到车站亮灯呢？"

"上了坡就看到了。"小邢说。

车子爬上坡，果然看到了车站，查布嘎站，不大，可以说非常袖珍。

过了安检，我们就坐在候车室等待。

晓悦性急，不断地向那位身材高大的工作人员询问："T302有消息吗？""没有。"

等到凌晨一点,还没有一点动静。

这时,有一趟晚点的列车开过来了,走了几个旅客。

又有一趟晚点的列车开过来了,又走了几个旅客。

候车室不断有旅客进出。

而我们的T302到凌晨四点还是没有一点消息。

那位身材高大的工作人员走过来告诉我们:"车站前不远处有家长城宾馆,环境很好,你们去休息一下,三五分钟就走到了。T302到站的消息,我会打电话通知你们。"

已经等候4个多小时,大家都觉得人困马乏快要撑不住了,晓悦把电话号码留给了这位工作人员。

我们4个人拉着行李,碎步慢行,来到长城宾馆休息。

正在睡梦中,电话打来了,告诉我们再有半小时,T302就来了,是车站那位工作人员。我一看时间,六点差几分。

我们急忙收拾东西,退房赶到火车站。盼望已久的T302,这次是真的要来了,虽然它迟到9个小时。

我们排队过了检票口,穿过地道,上了站台。这时已是清晨6:30,雪已经停了,天也开始亮了,可以看见东方有一抹玫粉色的曙光,今天应该是个大晴天!

我们几乎同时看到不远处有列车的灯光,正向我们驶来,大家幸福极了!

乘车的往事

2021年的春节临近了。大年二十九,妹妹和妹夫从呼市回临河过年。这次他们坐的是Z6543次列车,下午三点从呼市出发,傍晚六点多一点就到了临河父母家中,其间仅仅历时三小时八分钟,这趟火车速度之快,令父母亲惊叹不已。

这倒让我想起上世纪八十年代初上大学的那些往事。我去呼市上大学,常常是早晨八点从临河上火车(401←→402次列车),晚上七点才能到达呼市。这趟列车大约每半小时就停一站,到达呼市,需要历时十一个小时之久。

当然,还有比这趟车稍快一点的快速列车,停靠的站点比较少。这就是43←→44次和169←→170次列车,票价要稍贵一点,需在火车上过一夜,第二天早上便到呼市了。

那年秋天,18岁的我,第一次去自治区首府呼市。父母为了让我在呼市下车时能赶在白天,便购买了44次特快列车

票，当时是拿大学录取通知书去买票，只付了半价。父亲为我打包好铺盖行李，办好托运手续，然后将我送上那趟绿皮火车，那趟车大约是在晚上11点左右出发。

不记得在车厢里站了多久，我终于挤了半个跨边的座位，也不记得这一路上究竟迷糊了多久或迷糊了几次。

那次乘火车我是约了几个考在同一所大学的高中同学一起走的，路上有伴儿不用父母陪送。走之前我和往年考到呼市的同学姐姐联系了一下，说好坐哪趟车，让她去呼市火车站接我（那时呼市只有一个火车站）。

因此，在火车上也就没有焦虑和不安，有的只是兴奋和好奇，并对即将开始的大学生活充满了无限的憧憬和向往。

第二天早上，火车抵达呼市。九月里，正是秋高气爽的季节，来自小城镇的我，一出火车站，望着蓝天白云和宽阔的站前广场，竟然转向了，而且转得很彻底，是南北方向完全相反，我认为火车站是坐南朝北的。直到现在，依然没有转过来，我只觉得呼市的方向和家乡的方向完全相反。虽说是转向了，但我并没有走丢，同学的姐姐及时去火车站接上了我。

五年的大学生涯中，我就是在这种错位的方向中不断地适应着。那时，如有人问我方向，我需要琢磨半天，才能判断出方向，但与我脑中的感觉是完全相反的。而一旦放假回到家乡，我脑中的方向感便和家乡完全吻合一致了，真不知道是怎么回事？想了半辈子也没有想明白。我这方向感混乱的可笑行为，不时会遭到我家先生的嘲笑。其实，我自幼是知道东南西北的，离开了家乡便失去了方向感。难道是我脑子太轴吗？也真不好说。或许，这就是我生命中的一个短板吧。

上大学五年，每年有寒暑两个假期，从学校到家，要往返坐四次火车。

在那五年中，乘坐最多的车次便是401次列车。那趟车是早八点出发晚七点到站，历时十一个小时，也就是一整天。我为什么总坐这趟车呢？因为这趟车是慢车，车票好买，而且价格便宜，用学生证买票只需付半价，才三块四毛钱，是最合算的一趟车次，而且更重要的是，上车容易找着座位。

说起坐火车，其实每次都需要费一点儿周折。

我家住在小城陕坝，不通火车。每次坐火车，我都需要先坐班车去到三十公里以外的临河。

20世纪80年代初，陕坝到临河的班车还不多，直到80年代中后期时，由于市场经济的发展，两地往返的汽车才多起来。

陕临班车不多时，我每次去呼市都要乘坐早上八点的402次列车，如果我一早从陕坝出发，无论如何都赶不上火车。

因此，我只能提前一天去临河，先去二舅家住下，第二天一早再赶火车，这样时间就比较充裕了。

那时，二舅家住在铁小附近，离火车站比较近。

早春的凌晨，春寒料峭。我还在睡梦中，二舅早早起身，拿着我的学生证，登上自行车去火车站，排队买火车票。等他买上火车票，带着一身寒气进了家，我和二妗及表弟马亦良才开始起床。

二妗安顿我吃好早饭，二舅便骑自行车送我去火车站。进站上车前，二舅会塞给我十块钱，还嘱咐我几句什么话语，我已经记不清了。

以后，几乎每次从临河坐火车，我都是先住在二舅家。他会为我买火车票，并塞给我十块钱，送我上火车。那时的十块钱，能买不少东西呢。

偶尔一两次，我会去五姑家住下。第二天早上，五姑派她的四儿子，我的四表哥，送我去火车站。

现在想来，我当时乘火车去学校虽然麻烦了一点儿，但亲人间的感情却因这麻烦而留在了心间。所以，到了二十一世纪的今天，当年乘车留下的经历，已成了亲人之间的一种美好回忆。

从二十世纪的八十年代初到现在，不到四十年的时间，仿佛是眨眼的工夫，火车却不知提了多少回速。由当初临河到呼市历时十一个小时的车程，提到现在仅三个小时车程。而陕临的汽车客运，车次多的数不胜数，并且开通了城际公交车，人们的出行确实方便多了。而且现在大部分人家都有了私家车，这在过去仅仅是电影或新闻简报上看到的欧美日国家的交通状况。而如今，这已成为我国寻常百姓的日常生活了。

去额济纳看胡杨林

一

去额济纳看胡杨林,是我的夙愿。

胡杨,也称梧桐。维吾尔语"克拉克",意思为最美丽的树。

在额济纳河两岸,分布着中国最为壮观,也是当今世界上仅存的三大原始胡杨林。每年金秋季节,全国各地的摄影爱好者,蜂拥而至,拍摄出了许多美轮美奂的作品,向世人展示了胡杨枕沙卧碱,独领风骚的千古雄姿,也展示了它被大漠烈日铸就的不屈不挠的性格。它的坚强生命力更是令人惊叹:活着一千年不死,死了一千年不倒,倒下一千年不朽。不屈不挠的胡杨,逐渐演化为一种精神。

在当今社会,胡杨精神已成为一种不可或缺的文化现象。一睹胡杨雄姿，已成为人们的精神需求，它吸引着无数人不懈地去追寻。

2018年的金秋10月，我的胡杨梦终于梦想成真了。

好友彩仙，在男友永涛的大力支持下，组织了这次额济纳之行。

我们约了一帮好友，一行十二人自驾出行。

我们避开国庆黄金周的拥挤，于10月12日早晨8点开始出发。我们一行，九女三男，共十二人，彩仙把我们分成了三组，每组三女一男，乘一辆车。这样精细的安排，一是为了男女搭配，气氛轻松，坐车不累，二是为了应对突发情况，男人比女人反应快，体力好，遇事不慌张。

永涛的好友靳大记者，主动给我们当向导。他告诫我们，出发前一定要给车加满油，半路上只要遇到加油站，一定要再次加满，否则到不了额济纳。因为这条新修的高速公路上加油站大多数还没有启用，错过有油的站点，就再也加不上了，那可麻烦了，一路上几乎全是茫茫沙漠无人区，只能推着汽车跑了。

我和妹妹郭小香，好友石玉以及永涛四人一车。我们从临河出发，沿着新开通的京新高速，一路直奔额济纳。

一路上，我和石玉负责轮流开车，永涛和小香负责活跃气氛，以免我和石玉开车时打瞌睡。

永涛虽是理工男，但学识渊博，上至天文，下至地理历史，中至新闻时事，甚至美食厨艺、养生保健等等知识，都无所不知，无所不晓。永涛不断地引出话题，大家一起谈笑风生，时而我们又望着车窗外茫茫沙漠景色，谈古论今。不知不觉，我们穿过了800公里的沙漠无人区。

下午2点多，我们到达额济纳旗。为了节省时间，我们找了一家面馆，每人吃了一碗面，再次启程，赶往额济纳旗中蒙边界的策克口岸，然后从策克口岸再去看居延海。

二

额济纳旗归属内蒙古阿拉善盟，面积约11万多平方公里，人口只有2万人，旗内多为无人居住的沙漠区域。著名的酒泉卫星发射中心就在辖区，额济纳旗主要以胡杨林著称。

"额济纳"为党项语"亦集乃"的音转，意为黑水或黑河。额济纳河古称弱水，就是那首浪漫古诗"任凭弱水三千，我只取一瓢饮"诗中的弱水。

离开策克口岸，我们远远地望见了古老的居延海。

居延海位于旗府达来呼布镇北40公里处，是由发源于祁连山的黑河水注入形成的天然湖泊。它分为东西两个湖泊，水域约300平方公里。

居延海是匈奴语，《水经注》中将其译为弱水流沙，汉代时曾称其为居延泽，魏晋时又称为西海，从唐代起，开始称之为居延海。居延海的形状狭长弯曲，有如新月。

额济纳河是居延海主要的补给水源，湖面因额济纳河的改道而时有移动。到上个世纪中叶，额济纳河注入湖中的水量逐渐减少，便逐渐干枯无水了。

历史上的居延海，曾经水量充足，湖畔是美丽的草原，肥沃的土地，丰美的水草，是我国最早的农垦区之一。早在汉代，这里就开始了农垦历史，而且还是穿越巴丹吉林沙漠和大戈壁，通往漠北的重要通道，当然，这里也是兵家必争之地。《史记·匈奴列传》中记载："（汉）使张骞都尉路博德，筑城居延泽上。"后又在这里设郡立县，南北朝时期，柔然占领了这里；隋唐属于突厥；宋代在西夏国的统治之下，是当时西夏政治、经济、文化中心之一。

在这片漫漫黄沙中的绿洲之中，碧水之畔，曾有过许多传说。相传，西汉的骠骑将军霍去病、"飞将军"李广，进攻匈奴时，曾在居延泽饮马。二位将军出征匈奴，争夺的目标之一就是居延地区。该地之所以是战略要地，当然是因为丰富的水源。如果能将匈奴赶出那里，匈奴对汉朝的威胁就解除了。

据说，在元朝时，意大利人马可波罗也曾到过居延海。唐代大诗人王维更是曾于居延湖畔驻足，并写下了著名的《塞上作》一诗，"居延城外猎天骄，白草连天野火烧。暮云空碛时驱马，秋月平原好射雕……"。

聆听着历史传说，我们走近居延海。只见居延海湖面宽阔，一望无际，远处水天相连，烟波浩渺，像是海市蜃楼。居延海不是早已干枯了吗？怎么现在还能看见这么大面积的

湖水呢？水是从哪里来的？

这还得从罗布泊这个大家都知道的地方说起。

罗布泊本来是一片生机勃勃的湖泊，现如今却变成了"死亡之海"。干枯的湖床只有大片的盐壳，四周没有一点生机。

罗布泊的消失，让很多人都开始担心，这样下去，谁又会是第二个罗布泊呢？就在十七年前，有一片湖泊也有着"死亡之海"的称呼，那就是居延海。

大约在1961年的时候，居延海就开始渐渐地干枯了，主要原因就是补给水源额济纳河，注入湖中的水量减少。为什么会出现这种情况呢？因为当地人口快速增长，工业、农业发展，使得用水量大增，造成额济纳河水量不足，流入湖中的水就减少了。

居延海渐渐地干枯了，周围的动植物没有了生机，居民们也陆续搬走了。接下来，漫天风沙都吹到首都北京了。

找到原因之后，当地政府就想让居延海复流，但是水量不足该怎么办呢？只能向额济纳河的上游，发源于祁连山深处的黑河要水。这个过程很是艰难曲折，需打通方方面面的关节，消除上上下下的阻力。经历了十七年上游放水，居延海复苏了。现在，东居延海水面的面积达到了38.5平方公里，难怪我们在湖边向远望去，水天相连，一望无际。

随着湖水增多，周边生态环境不断变好，搬走的人们又陆续回来了，湖中开始有了鱼儿，树木也起死回生，真是奇迹啊！

我们感慨着水的神奇，水的力量，对大自然的敬畏感由然而生。

离开居延海，已是下午4点多，我们开车来到就近的一片小胡杨林，想看看夕阳西下之前，胡杨的特殊风采。

我们到来时，正值金秋10月，放眼望去，胡杨树挺拔高大，苍劲古朴。有的树高七八丈，粗壮的几人难以合抱。密密匝匝的树叶，遮天蔽日。幼小的胡杨，叶片狭长而细小，宛若少女妩媚柳眉；壮龄的胡杨，叶片又变成卵形，阔卵形或三角形，犹如兴安岭的白桦；而进入老年的胡杨，树冠的上下层，还长着不同形状的叶片。这时，大部分树叶衬着湛蓝的天空，在风中婆娑起舞，那亮丽的色彩，足以使任何文字显得苍白无力。这种有声有色的美，动感的美，令我如痴如醉，简直不忍去摄影，唯恐惊扰了千年的胡杨。我只想把美景留在眼中，留在我的脑海，留在心中，我就知足了。

我的痴迷遭到了同行朋友的取笑，众人"安慰"我，美景是照不完的，我只得收敛痴迷，融入群体，开始取景拍照。

在这种场合，是靳大记者发挥特长，大显身手的时候。只见他忙着选景，给大家讲解如何取景，顺光、逆光的不同效果，近景远景如何拍摄。大家争相让靳大记者拍照，以获得最佳效果。我和妹妹郭小香也凑热闹，让靳大记者帮忙选不同景观，从不同角度拍照，与等候我们三千年的胡杨合影

留念。看了靳大记者拍的照片,确实是专业水平,让人不得不佩服,大家都由衷地为靳大记者点赞。三人行,必有我师,更何况是十二人之行呢?

三

傍晚7点左右,我们带着夕阳的余晖,回到策克口岸驻地。

永涛、永平的好友广凡已等候我们多时。二人将带来的礼物交给广凡,介绍大家互相认识。

广凡是内蒙古赤峰人,八零后大男孩,憨憨的、胖胖的、中等个子,已经是两个孩子的父亲了,来额济纳旗做生意已有十几年。由于我们正是在黄金季节来到胡杨林,宾馆早已爆满。广凡请大家住在他的公司里。

这是一栋三层楼的小建筑,一楼是门厅、员工餐厅和厨房,二楼是广凡的办公室和几间客房,三楼是公司办公室和几间客房。他和员工把办公室和客房腾出来,让我们住,他们出去借宿。他的举措确实令人感动。

晚上,广凡让厨师准备了丰盛的晚宴,为我们一行接风。广凡和他的助手热情地招呼大家吃喝,轮流给大家敬酒,我们之间很快熟悉起来,互相举杯敬酒,品尝美食。

四

第二天一早，厨师为大家准备好了早餐，包子、稀饭、奶茶，吃完早点，我们开始启程。

我们今天要看的是景色更美的大漠胡杨林。

我们进入景区，确实感觉比昨天看的小胡杨林更加壮观。额济纳河水从树林中潺潺流过，蜿蜒曲折流向远方。河水清澈，岸上胡杨与水中倒影扑朔迷离，树影婆娑，金韵斑斓，有如一幅精美绝伦的摄影作品。我们漫步在这金色浓郁的林中，仿佛进入神话仙境，让人不由自主地感慨这大自然的神奇。今天景区的游客比较多，都在赏景，选景摄影。不同的游人，不同的着装，构成了景区另一道流动的风景，就像额济纳河缓缓流过胡杨林。

一路走下去，大家都想把这迷人的景色留住，故而不停地摄影、拍照。

相貌憨憨的、黑黑的永平，虽然摄影技术不敢恭维，但勇于主动为大家不停地拍照，说说笑话，活跃气氛，因此，永平也成了大家的开心果。拍集体照时，我故意逗大家，说："永平丑不丑？"大家齐呼："丑！"一个镜头拍下了，大家哈哈大笑，永平也憨笑。继续走，再拍照，我起头，说："靳老师帅不帅？"大家齐呼："帅！"又一个镜头拍下了，大家笑得前仰后合，文质彬彬的靳大记者也笑了。

一路上，高大帅气的永涛背着硕大的双肩包，里面装满各种物品。中午时分，大家都饿了，永涛解下背包，取出干粮、水果和矿泉水，大家围在一起，真是吃嘛嘛香。

吃罢野餐，我们继续往胡杨林深处走。

翻过一个个沙丘，站在最高的一个沙丘上，一览胡杨林全景。这是一片集沙漠、戈壁、草原、湖泊、胡杨林于一体的自然景观，堪称大漠里的一颗绿色明珠。额济纳河的弱水从这里潺潺流过，滋润着这片草原、沙漠和胡杨。岸边和水中的胡杨倒影相映成趣。

沙丘周围，是一簇簇低矮的红柳树，映衬着胡杨的高大挺拔。红柳树与胡杨相生相伴，却甘当胡杨的配角，默默无闻。成簇的红柳枝叶茂盛，根系紧紧拥抱着沙丘，显得那么亲密无间。橘红色的红柳枝叶密不透沙，仿佛一幅耐人寻味的油画。我们拥挤进了这幅油画里，让靳大记者为我们锁定了镜头。

五

这天早上，我们一行人去看大漠胡杨林了。广凡请了当地的蒙古族朋友，为我们杀了一只羊，做了手扒肉、活倒肚，忙乎了一整天。我们从胡杨林归来时，一桌美味已在等候我们。

大家落坐后，开始大块吃肉。广凡率领他的助手们，招呼我们大碗喝酒。我本不胜酒力，又怕影响第二天开车，不敢恋战，吃饱后，悄悄撤离酒席，回房间休息了。

而广凡呢，有朋自远方来，自是不亦乐呼！酒宴尚在继续，不断传来大家的欢声笑语。后来，酒到酣处，歌声响起。内蒙古草原，有酒就有歌声，酒是歌的药引子，歌是酒的催化剂。

晚上10点多，妹妹郭小香被石玉和段炼扶回房间。只见小香面色红润，笑容可拘，嚷嚷着还要去唱歌。我皱皱眉头，苦笑着问："你们怎么把我妹妹喝成这样？"段炼也不客气，说："就这她还要喝了，是我们把她"绑架"回来的！"我无言以对，只得把小香扶上床。唉，小香喝醉了。醉就醉吧，想想看，人生能有几回醉，不醉不休也难得。

六

第三天早晨，也就是返程那天。我们抓紧时间参观了黑城遗址和怪树林。

黑城遗址位于达来呼布镇东南25公里处，是古丝绸之路上现存最完整，规模最宏大的一座古城遗址。

该城建于公元九世纪的西夏政权时期。公元137年明朝大将冯胜攻破黑城后，这座城就被废弃了，至今城内还埋藏着丰富的西夏和元代等朝代的珍贵文书。

由于周边地区沙化严重，流沙从东、西、北三面侵蚀黑城，许多遗址已被埋于沙下。尽管如此，这座古城依然非常壮观。远远望去，漫漫黄沙之中，这座古城傲然挺立，为"大漠孤烟直，长河落日圆"平添了几分雄壮感，其中也夹着一丝悲壮。

茫茫戈壁，漫漫平沙，一缕孤烟直，直到地老天荒。

走入城门，只见明沙眼看就要爬到高高的城墙墙头了，大有翻墙而过的架势。

进入城内，从遗迹看，城区规划整齐，有独立的行政区域和街区，也有佛教建筑。由于沙化，有不少房舍深埋沙中，有的又从沙中暴露。围栏围起来的地方，遍地是碎瓦片、陶片、砖石，像是商业区。

从中依稀可见当年黑城的盛况和昔日的辉煌。

"西风残照，汉家陵阙。"（李白《忆秦娥》）无不令人感慨万千。

离开黑城遗址，我们又赶往位于额济纳西南28公里处的怪树林。

20世纪90年代，由于黑河上游的无度用水，造成下游的地下水位下降，使得近2000亩枯死的胡杨"陈尸"遍野。特别是额济纳河的断流，导致沿河两岸大片的胡杨林因缺水而枯死。

走进怪树林，仿佛走进了一处古战场，"陈尸"遍野的枯死胡杨，像是战死沙场的古代将士。而那些已经枯死但依然坚强挺立在戈壁荒漠上的胡杨，就像一尊尊身披铠甲的古代将士塑像。这，应该就是我们一直在追寻的，不屈不挠的胡杨精神吧！

寻觅祖迹

一

相传,我的祖辈是从山西洪洞县大槐树移民出来的,最初走到了陕西佳县的郭家畔,在那里繁衍生息数代。后来,因逃避灭门之灾,祖辈们舍弃家园,从郭家畔逃到了陕西神木找稍峁,即神木盘西二里五甲,在这里繁衍生息。

清朝末年,太爷爷辈的十八个堂兄弟结伴,先后从神木西迁。他们挑担步行,十余日后走到内蒙古鄂尔多斯境内,垦荒种地数年;然后又陆续继续西迁,跨过黄河,进入巴彦淖尔的河套地区,在磴口县的郭家台子落脚;后来又来到临河的郭家台子数年;最后移民到杭锦后旗,分散在各个区域,垦荒种地,勤俭持家。先辈们逐渐在杭锦后旗的各个区域形成了多个郭家台子。我们这一支在杭锦后旗南渠扎根,形成了郭文海圪旦。

据说，我的爷爷郭文海出生在鄂尔多斯，六岁时随父辈来到河套地区。

二

2018年10月国庆长假，我和堂妹郭永霞，陪着父母、二爹，踏上了寻觅祖迹的道路。

10月2号一早，我们从临河出发，顺着沿黄公路，一路向南，在茫茫沙漠中穿行。到达鄂尔多斯东胜时，已是上午十一点半。我们找了一家火锅店，带领老人们品尝了自助火锅美食。饭后，我们又继续上路。

很快，我们就进入神木境内，穿过丘陵、沟壑纵横的神木县老城区后，驶入崭新的大道，沿途路过多家煤矿，不断有新鲜的地名印入眼帘，大柳塔、店塔……然后，我们进入了高楼林立的神木市区。下午二点半，我们入住预定好的酒店休息。

傍晚，我们从酒店出来，到附近的小街上走一走，看一看，一路上听到的都是熟悉的乡音，看着街上一张张似曾相识的面孔，回家的感觉悠然而生。

街道两旁，成堆的滩枣颗颗饱满，泛着红光，闻着香甜诱人。我们忍不住买了几十斤，准备带回去送人。

抬眼望去，沿街商铺纵横，餐馆比邻。我们找了一家面

馆,坐下来,品尝着神木特有的家乡味道,一边与热情的老板拉着家常。

三

神木,隶属于陕西省榆林市,位于陕西北部,是陕、晋、蒙三省接壤地带,东南隔黄河与山西省兴县相望,西北与内蒙古的伊金霍洛旗为邻。

每个地方的地名都有一定的来历,我喜欢探究每个地名背后的故事。神木地名的来历,在道光年间《神木县志》中有记载:"县东北杨家城,即古麟州城,相传城外东南约四十步,有松树三株,大可两三人合抱,为唐代旧物,人称神木。"这便是神木市地名的由来。

神木市的历史非常悠久,四五千年前就有人类开始居住了。今年考古发现神木境内有一处"石峁遗址",是我国现存史前最大的城址。据考证,这是4000多年前中国北方及黄河流域的文明中心,所以被称为是"中国文明的前夜"。我被深深地吸引着,想着有朝一日,一定亲自前往探寻。

其实,早在新石器时代,神木市境内就有先民定居。在窟野河,秃尾河两岸流域,被发现有多处仰韶文化和龙山文化的遗址。在我们中学历史课本中,就曾介绍过"仰韶文化和龙山文化",只是给我留下的印象不深。

这次走进神木,让我对探究当地历史产生了极大兴趣。

因此，我特别关注了神木的历史，算是为自己补上了这堂课。

在有史记载的岁月里，位于边关的神木，一直是守卫中原，抗击外侵的前哨，素为"南卫关中，北屏河套，左扼晋阳之险，右持灵夏之冲"的塞上重地。就在神木这片硝烟弥漫的战场里，走出了戍边卫疆，忠烈满门的杨家将。当战争的硝烟散去，留下的是文学家和诗人的千古佳作，在这片古老的大地上传唱不息。

宋代著名的文学家范仲淹《渔家傲.秋思》词云："塞下秋来风景异，衡阳雁去无留意。四面边声连角起，千嶂里，长烟落日孤城闭。浊酒一杯家万里，燕然未勒归无计。羌管悠悠霜满地，人不寐，将军白发征夫泪。"

这已是遥远的历史了。纵观神木近代的历史，反倒有些让人心酸落泪。

神木位于黄土高原地区，土石山区占总面积的10.94%。这里地面倾斜度较大，窟野河、秃尾河流经本区与黄河汇合。沿河两岸地形狭窄，基岩裸露，直立陡峭，山大沟深，石多土薄，水土流失相当严重。

市区中部是丘陵沟壑区，占总面积的37.76%。这里梁多峁少，下谷坡陡峭。

市区北部，为沙漠草滩区，占总面积的51.35%。这里地势虽较为平坦，但基底为侵蚀残留的黄土梁峁地形，表面为波状起伏的沙丘。另外，神木的气候干燥，地面水蒸发量是

降水量的3倍，而且风沙大，干旱严重，自然灾害频繁。

特殊的地理气候因素，造成了神木的生存环境恶劣。占地90%以上的地区是丘陵、山地、沙漠，水土流失严重，植被鲜少，土壤贫瘠，不适宜种植，粮食亩产量仅为30–50公斤，僧多粥少啊！怎么能让人活下去呢？这就逼迫人们不得不外出谋生，这就是神木人走西口的历史原因吧？我的祖辈就是这走西口大军中的一部分。

我不明白，为什么我的祖辈从陕西神木走到内蒙古呢？

一路开车来到神木才知道，我们所在的内蒙古河套地区，与陕西、山西仅一水之隔，分别在黄河的两岸，内蒙古西部地区，地广人稀，土地肥沃，资源丰富。当年，交通闭塞，这里既是官府统治鞭长莫及的地区，又是正处在开发时期急需劳动力的广阔劳务市场……正是如此诸多因素，造成了神木人口移民内蒙古河套地区的状况。而更吸引人的是，河套地区的广阔和黄河冲击平原土地肥沃，让逃荒的庄户人看到了生活的希望。这里当年水草丰美，既可放牧又能耕种，于是就有人开始开荒种地。这样口口相传，来这里开荒的人，陆续多了起来。我的祖辈也是随着这个潮流在这里落地生根，因此我成了内蒙古后套人。

四

来到神木的第二天一早，大家个个精神饱满，准备着去

寻找我们的老家,神木盘西二里五甲——找稍峁村。

我们开车往店塔方向行驶,在店塔西十五公里处的一个小路口,终于看到了一个蓝色的地标牌子——找稍峁,路口对面,树立着"新窑煤业"的标牌。这就是我们要找的地方。

父母亲和二爹都下车来,仔细端详着"找稍峁"这块牌子和这三个字,像是见到了失散多年的亲人,倍感亲切,一行人在这里拍照留念。

我们再往小路深处看去,"新窑煤业"的厂房矗立在半山坡上。

我们开车沿着小路上山,路过"新窑煤业"厂区,停车问清路线,又从旁边的新路继续往山上行驶。我们绕着山坡行驶,不时看到散落废弃的窑洞。车开到一处山梁上时,看到一处院落,我们走进去,见有几间平房,门口挂着找稍峁村委会的牌子,屋内空无一人。院里的杨树树叶金黄,阳光从金黄的树叶中穿出,照耀着杂草丛生的院落。

从村委会院子出来,不远处就是一间祠堂,也是无人照料的样子,周围杂草丛生。

从临河出发时,郭铁平兄就告诉我们,煤矿占了找稍峁村的地片,村民都拿了搬迁费,离开了村子,只有本家70多岁的郭金柱(比我们小一辈)还坚守在村里的旧窑洞前。我们这次回找稍峁唯一能见的宗亲就是郭金柱,也只有他能领我们找到老祖茔和老祠堂。

我们开车顺着山坡继续往上走，不远处山梁上可见庙宇样的建筑群。父亲说，咱们把车开上去看看。我踩着油门，一口气将车开到陡坡山梁上。

　　在山梁上，我们见到一座庙宇，看上去修建年代并不长，门口立着的功德碑，碑上刻有捐资人名单。我端详了一下，发现捐资人中郭姓居多。

　　庙宇的南面，是一座戏堂，戏堂前面是一级级台阶，周围也是长满杂草。

　　我们站在山梁上向远望去，只见周围山丘纵横，延绵不绝，不远处可见大片梯田，种着庄稼，有人正在收割庄稼。

　　我们上车，继续绕着山坡行驶。到了刚才望见的那片梯田处，停车下来，只见一位老妇人和一位中年男子，正在收割玉米。我们上前问路，得知他们是婶侄俩，也姓郭，我们要找的郭金柱在西找稍峁村，在对面的山坡上。蓝天白云下，远处的山坡上有几株柳树，稀疏地矗立着。

　　我们朝着那几棵柳树方向开车过去。

　　半路上，又碰见一处玉米地，只见一位中年妇女领着两个年轻小伙子在收割，像是母子仨，其中一个小伙子戴着近视眼镜，斯斯文文的。地头上还停着一辆越野车，一辆农用车。一问，还是郭姓人家。

　　我们继续开车前行，到了一个半山坡，总算看到一户人家。停车，我们顺着小路走到前面的山坡上。只见山坡上，有几眼被拆毁的旧窑洞，旧窑洞旁有一套蓝色的简易板房。

一位70多岁的老妇人正在院里的春灶上烧火做饭。

一问,正是宗亲郭金柱家。老妇人是郭金柱的后老伴,郭金柱去附近山上割柳条子去了,准备抱回来喂羊。

老妇人得知我们是从内蒙古来探望老家宗亲的,她赶忙热情地把我们让进家里落座,然后从衣兜里掏出手机,拨打着郭金柱的电话,没有应答。老妇人急得站在院里,向远处山坡上高声呼喊郭金柱的名字,还是没有应答。急得老妇人直骂,这个死老头子,怎么还不回来?我们劝她不要着急,我们随便走走看看。

郭金柱的住处,是在一个半山坡上,院落平坦,面积较大,树木就是院墙。在蓝色的简易住房旁边,是已被拆毁的旧窑洞,窑洞前有栅栏围着,里面圈着二三十只羊。郭金柱今天没有去放羊。这远近山坡上的人家都搬到镇里或县城里去住了,只剩下郭金柱一家坚守在这里。郭金柱不愿离开他住了一辈子的窑洞,可能是不愿离开这个有着太多回忆的地方吧。

缘分使然,没有等上郭金柱回来,虽然他的老伴殷切挽留,但由于时间紧迫,我们还是依依不舍地离开了郭金柱家,离开了祖先生活过的地方找稍峁,返回神木县城。

五

改革开放,给神木的经济发展带来了大好的机遇。神木人靠着得天独厚的煤炭资源和林业，经济快速发展起来。当地的老百姓也因此致富，家家户户盖起了楼房，买上了小汽车。从此，神木县由过去的贫困县变成了富裕县，不仅有钱了，当地政府领导还很有眼光，明白要想提高全民素质，必须抓教育。2002年神木县在全国率先实行了12年免费教育，（全国是九年义务教育），2011年又开始实行了15年的免费教育。神木县政府不仅抓教育，更抓民生问题，2009年在全国率先实行全民免费医疗，养老政策也走在全国最前沿。政府出钱为当地的老人补贴一半养老费用，更让人感动的是对于贫困人群和残疾人还有另外的补助。对独生子女家庭，政府承担全部养老费用。神木县真正实现了老有所养，病有所医的中国梦，当地政府让神木的老百姓真正享受到了改革开放所带来的经济利益。

不过，也是由于神木煤炭产业的发展，我的老家找稍峁也变成了煤矿。祖辈曾经休养生息的地方已经物是人非不复存在了。沧海桑田，总是这么变幻莫测。

六

既然大老远的从内蒙古临河来到神木，我们单单看望一下神木就打道回府，总觉得意犹未尽。神木周边的县城，就像是多年的邻居啊，大老远的来一趟也不容易，不去看望一下邻居总觉得有些遗憾。

那天,我们从找稍崆返回神木县城后,休息了两三个小时,又开车去拜访神木的近邻府谷县。

我们到达府谷县预订的酒店时,已是傍晚时分,在酒店附近找到一家"家常菜"饭馆,在那里吃到了最正宗的家乡菜,猪肉烩酸菜和功夫鱼。我想,我们河套地区的家常菜应是出自神木府谷老家的吧。

第三天早上,我们一行又开车跨过黄河,去了山西省保德县,那可是真正的一水之隔。我们开车上到飞龙山顶,参观了兴保塔,这是保德县的文化地标建筑。离开保德县,大家又来到了历史文化名城,山西省的河曲县,在这里有幸遇到了历史文化名人——元曲四大家之一的白朴。

坐在河曲的西口古渡岸边,我们静观黄河水在这里逆流而去,好似能望见先人从这里走西口远去的背影。

这一路走来,我们收获颇丰,感触颇深,还需留待日后细细地回味,慢慢地品尝。

再觅祖迹

人到了一定年龄,大都会思考并追问:"我从哪里来?"

十年前,堂兄郭轶平,带着同样的思考,放下他教书育人的事业,同时也是他养家糊口的职业,全身心地投入到探寻、考察、研究家族历史的浩大工程项目中。

历时五年,他走访了上百人,反复实地考察了巴彦淖尔市各处的郭家台子,以及乌海、鄂尔多斯的郭家居住地,远至陕西神木、佳县、山西、北京等多地。他反复查阅考证当地地方志资料,亲自丈量了祖先迁徙的足迹,探寻了先辈们从山西洪洞县大槐树,至陕西佳县的郭家畔,至神木找稍崾,至内蒙古鄂尔多斯至巴彦淖尔,这一路走来的艰辛历程。他收集了大量史实资料,终于捋清了郭氏家族的历史,完成了一项工程浩大的家族历史研究项目。

近两年，我亦到了追问并思考"我从哪里来"的年龄。带着这个问题，我于2018年10月国庆长假，带领父母、二爹以及堂妹郭永霞，自驾车从临河出发，途经鄂尔多斯，到达了陕西神木，拜访了太爷爷辈从那里离开故土，走西口到内蒙古之前的祖籍地——神木找稍峁。接下来，我们又拜访了神木周边的近邻府谷、保德、河曲三地。

2019年10月国庆长假，我们接着上年未走完的旅程，去拜访祖先曾经生活过的地方：佳县郭家畔和山西洪洞县大槐树。

由于二爹身体不适，未能同行，2019年的出行人员换了两个替补队员，弟弟郭建军和妹妹郭红霞。

山城佳县

2019年10月1日早八点，我和父母、弟弟、妹妹一行五人，从临河自驾车出发，中午到达鄂尔多斯东胜，在万达广场的一家特色饭馆，吃了一顿有生以来最可口的焖面。小铁锅放在餐桌上，锅里放好半成品的猪排、豆角、土豆条、葱花等。打开锅下的燃气灶，待锅里的水烧开冒气后，我们便把生面条撒在菜上，盖上锅，大概焖10分钟左右，自动停火，揭盖，搅拌后就可以吃了。焖面的味道醇香自不必说，面的口感特别融！一家五口都吃得非常爽口，因此赞不绝口。虽然小店人满为患，拥挤不堪，但焖面的美味足以抵消

环境嘈杂带来的不悦。我最后悟出了人满为患的原因了,是这焖面的味道太香了!

下午两点,我们从东胜出发,直奔佳县。

佳县,古称葭州,是因境内佳芦河两岸芦苇丛生而得名,1964年改称现在的名称。

佳县位于陕西省的东北部,在黄河西岸,毛乌素沙漠的南缘;东隔黄河与山西临县相望;南邻绥德县、吴堡县;西连米脂县;西北接榆阳区;北以秃尾河与神木为界。

这里地势西北高,东南低,可分为三个地貌差异明显的区域:北部风沙区、西南丘陵沟壑区和黄河沿岸土石山区。

该县主体山脉有两条：一条由西北自榆阳入境，沿佳芦河岸向东南延伸120公里于县城落脉；另一条始于榆阳区及米脂县，分布于本县西北，西南境内。两条山脉中，沟、涧、坡、梁、峁纵横交错，地形相当复杂。

全县总土地面积约2029.28平方公里，人口约26.59万人。而佳县的耕地面积仅47.02万亩，人均1.77亩，这样说来确实有点少。

这里的粮食作物以玉米、谷子、薯类、大豆、绿豆等为主。因处在干旱地区，这些作物的产量估计不会很高。

当地的畜牧业以大家畜、生猪、羊、家禽等为主。经济林以枣树为主，是全国唯一的绿色、有机双认证红枣生产基地，产量居全国各县之首。枣树历来被当地农民视为"铁杆庄稼""保命树""致富树"。

但令人欣慰的是，目前佳县已初步形成了以农产品加工、盐化工、新能源产业为主的工业体系。境内已探明的矿藏有：岩盐、煤、天然气、陶瓷黏土、砂、石等。其中岩盐，在境内90%的区域均有贮藏，已探明储量1000亿吨以上，预测储量8000亿吨，盐层厚度在80~110米之间，埋藏深度在2400~2600米之间，堪称中国"盐谷"。

佳县的地方特色也很丰富，民间艺术有道教音乐、秧歌、唢呐、剪纸、木雕、面捏、枣编等。其中白云山道教音乐被列入国家非物质文化遗产保护名录，木雕、剪纸被列入省级非物质文化遗产保护名录。

家住佳县楼家坪乡郭家畔村的郭佩珍老人，因剪纸艺术成就突出，被誉为陕西省著名工艺美术大师。

我们准备去的乌镇，位于佳县的西南部，距县城15公里，是佳县的南大门。目前乌镇设有1个乌镇社区和70个村，其中包括我们熟悉的郭家畔和下高寨。

乌镇，属于典型的丘陵、沟壑区地貌，地势由西北向东南倾斜，山大沟深，支离破碎。

在这里四季分明，但以干旱为主。

乌镇的郭家畔就是我们郭氏先祖曾经生息的地方。

那天下午六点左右，我们到达佳县，在手机导航引导下，从公路下来，沿着一条小水泥路，拐下山坡。我们顺着狭窄而又弯延曲折的盘山小路，经过层层叠叠的住宅、店铺、宾馆、饭馆，来到佳县县城中心，看到了县政府、检察院、法院、医院等机构。只是每处建筑规模都比较小，楼层只有3～4层。这应该就是城中心了，依街道的宽窄、以及建筑的外观看，总感觉像个乡镇规模，而不像是县城。这就是我的老家，一个欠发达地区的小山城。

我们入住佳州大酒店，据说这是县里最大的酒店，楼层也最高，16层。

酒店门前，两个五六岁的孩童，每人手里牵着一条拴着一只白色塑料袋的细绳。在路边互相追逐奔跑着。塑料袋在风中飘扬着，像两只降落伞，这焉然是两只别具风格的风筝！孩童的脸上写满了开心快乐。

入住酒店后，我们下楼去城中心寻找吃饭的地方。城中心确实不大，看不到大一点的饭店，大多是临街小饭馆。街面上水果摊铺较多，水果种类不少，但以红枣居多。

建军为我们寻找到一家特色面馆，是"陕北特色饦节面馆。我们走进店里坐下，环顾四周，感觉店里干净、明亮，也比较宽敞。面食种类有白面、豆面、莜面、荞面。臊子有肉臊子、素臊子两种。佐料竟有10多种，葱花、韭菜花、麻仁、花生仁、香菜叶、辣油、香油等等，看着就香！这一顿特色饦节面食，吃得大家非常舒服。店主小夫妻俩非常厚道，让大家多吃些，不够可再加面，而不再收钱。

饭后，我们把父母送回酒店休息。夜幕下，我们姐弟三人穿街走巷，下坡上坡，几乎走遍了整个城区。

最后，我们迎着一座古塔发出的灯光走过去，发现这里原来是一所中学。古塔耸立在校区中，塔身后是古城楼和古城墙。古塔下的高台基上，宽阔平整，城墙壁上放映着露天电影，旁边摆放着几张台球案，不少年轻人正在打台球。塔的前面是学校操场，夜晚的学校操场，嫣然是公共广场的样子。年轻的父母带着幼儿在操场中玩耍，广场舞自然也是不可或缺的，而且很有特色。大妈、大叔们舞的是陕北的秧歌！

10月2日早饭后，我们去拜访乌镇的郭家畔。驾车驶出城区，沿着崎岖的山路，往深山里行进。映入眼帘的是漫山遍野的红枣树，彤红的枣子结满枝头。平坦一些的地方，种着成片的玉米，秸秆和叶子均已泛黄，是收获的季节了。

我们驶进一处村庄，在村口发现了一方古碑，上面刻着"峪口乡小郭家畔村"。一眼望下去，村子并不大。我们停车驻问，村中竟无一人姓郭，大都姓张，目前村里住有60户人家。

有一户张姓人家正在挖水窖，准备储存雨水以备用。询问上了年纪的老人，老人说，大约二百年前，姓郭的人家全都搬走了。我和建军猜想，这大概就是我们祖辈居住的地方吧。

我们打电话问及堂兄郭轶平，被告知，我们的祖籍是乌镇的大郭家畔。

我们又重新导航，去找乌镇的大郭家畔。在黄土路上，我们穿过一片片村庄，终于看到了挂着"佳县乌镇郭家畔小学"牌匾的标志性建筑，但见红色的小学大门紧锁着，院墙外堆满了乌黑的大块煤炭。

我们将车开进村里。这里是一大片平原，看上去村子比较大。我们经过村委会门前的小片空地，见到一些中老年人坐着聊天晒太阳，村委会周围是一排排平房院落。我们继续走下去，又是庄稼地了，玉米还没有收割完，问及路人，都姓郭。

村人告诉我们，目前村里户籍人口1100人，常住人口只有400人左右。年轻人都外出打工去了，学生也都去城里上学，村里的小学校只剩下四名学生，两位老师。村中留守的只有中老年人，在守家、种地。

我们折回小学校门口，往村口走，终于看到了我们要找的标志性石碑"楼家坪乡 郭家畔村"。这就是我们要寻找的祖籍地，佳县郭家畔。

我们分别在石碑前拍照留念。

石碑旁边的院落大门敞开着，从院中走出来一位中年汉子，模样憨厚。他主动和我们攀谈起来，他也姓郭，他自豪地告诉我们，佳县著名的民间剪纸艺术家郭佩珍是他的姑姑。谈得热乎，他盛情邀我们进家坐坐，并翻箱倒柜地寻找出他们的家谱，让我们欣赏。这是一本《陕西省佳县郭家畔村 郭氏家谱》，是2007年12月，郭家畔村《郭氏家谱》编委会编著的，主编是郭守清。堂兄郭轶平编写家谱时，曾和郭守清有过联系。

一边翻看着郭家畔的《郭氏家谱》，我们一边拉着家常。这位郭氏宗亲，子女均已离家外出生活，家里只有他们夫妻俩和八十多岁的老母亲。他的妻子患帕金森病，行动不便，老母亲虽耳朵失聪，但人很精神。他们一家三口热情招呼，欲留我们吃饭，我们婉言谢绝了。临别时我给老人及病妻300元钱表示慰问，随后启程回县城。

一路上的山景风格迥异，有多处山体看上去层次非常分明，远看像千层饼的样子。父亲很欣赏这山体的层次感，执意要下车拍照。

停车后，我们在山前拍照。这时一位中年妇女经此路过，看见我在拍照，就主动提出帮我们拍几张合影。她拿着我的手机指挥大家摆各种姿势，我们跟着她喊："茄子！"大家开心极了，拍照的效果也特别自然。谢过了这位热情的老乡，我们继续上路。

接近县城时，我们路过了白云山景区，据说这是道教名山，有求必应的。山虽不高，有仙则灵，大概所指的就是这样的山吧。

中午在城里吃过午饭，我们即告别县城。我们沿着古城墙下的道路出了城，回头再望佳县县城，满眼所见是山坡上层层叠叠的房屋，依山而建，错落有致，山顶上可见一座高楼，那是昨晚看到的中学的教学楼和住宅楼。山下的黄河缓缓流淌着，对岸就是山西的临县。一座长长的高架桥连接着两岸的山坡。

这就是我的祖辈曾经生息的地方——山城佳县，一个欠发达地区的小县城。

凝视千年大槐树

10月2日从佳县出来后，我们驱车500多公里，直奔山西洪洞县。

晚上八点左右，我们到达洪洞县，只见城里马路宽敞，灯火辉煌，高楼鳞次栉比，一副大城市的模样。

不曾想，这里的酒店竟然宾客爆满！我们竟寻找不到住处,看来,洪洞县大槐树已成为旅游热点了。

无奈,建军提议,直接去临汾市里住宿,不过30公里的路程。

晚上十点前,我们到达临汾市区,寻得一家酒店入住。

10月3日早餐后,我们一行驱车返回洪洞县,来到大槐树景区。

据说,在今天的大半个中国,广为流传着一首歌谣:"问我祖先何处来,山西洪洞大槐树。"

据记载,从明洪武三年(1370年)至永乐十五年(1417年),明朝百姓先后数次从山西的平阳(今临汾)、潞州、泽州、汾州等地,中经山西洪洞县大槐树处办理手续,领取"凭照川资"后,向全国广大地区移民。通过这种方式,明初经洪洞县大槐树处迁往全国各地的移民,达百万人之多。

当代人可能有所不知,或无法想象,为什么要进行大规模的移民呢?

因为元末战乱,待到朱元璋统一天下之时,江山已是遍地疮痍,山东、河南、河北一带已多是无人之地。

据记载,持续十七年的元末农民战争,使得黄河下游,黄淮平原一带的山东地区,成为"白骨露于野,千里无鸡鸣"的悲惨世界。

而在河北平原上,也是赤地千里,没有人烟的荒凉景象。

当时山西的情况是,晋南一带四周都是群山峻岭,易守难攻，在元末的战乱中保持了相对的和平；另一方面，正好那些年风调雨顺，五谷丰登，百姓丰衣足食，安居乐业。所以中原一带的老百姓也纷纷逃往山西谋生。

如此一来，山西倒显得人满为患了。据《明太祖实录》记载：明洪武十三年（1381年），全国总人口59873305人，而山西一地的人口就达到了4103450人。

明朝移民，确实势在必行。

当时的政策是"四口之家留一；六口之家留二；八口之家留三"。

或许我们还是不能理解：为什么要集中在洪洞大槐树派遣移民呢？

原来，在当时洪洞县是平阳（今临汾）人口最多的县。而且洪洞县地处交通要道，北通幽燕、东接齐鲁、南达秦蜀、西临河陇。洪洞县北关的广济寺，又是唐宋以来的驿站。所以明朝政府就在这里设局派员，集中移民队伍，发放川资凭照。

当然，朱元璋也为移民举措的顺利实施，设立了有效的政策，凡移民垦田，都有朝廷拨发路费、耕牛和籽种，并且免税三年。如此说来，朱元璋还是很有人情味的。

十年前，堂兄郭轶平考证，明朝初年，本族先祖从山西洪洞县大槐树移民至陕西佳县郭家畔（郭家山）定居，繁衍生息；明末与临村下高寨纠纷变故，多支族亲四散避祸，本支族人则逃到神木找稍峁盘西二里五甲，繁衍生息。

那天，我们到达大槐树景区时，已是上午九点多。

洪洞县大槐树寻根祭祖园旅游景区，是国家4A级景区。2008年，大槐树祭祖习俗已被列为国家级非物质文化遗产名录，难怪游人如此之多。

寻根祭祖园正门是一座"根雕大门"。放眼望去，这株槐树根古老沧桑，但依然伟岸厚重，他的支根入土，遒劲有力。

我们姐弟三人与父母在"根雕大门"前合影留念。游人如梭，熙熙攘攘，成了我们合影中不可或缺的背景，我们亦是其他游人合影的背景。

我们随着人流走入园内。弟弟为了让父母节省体力，租来一辆小电动车，载着二老在园区内游览。我和妹妹则随着游人边走边看。

我们走到"古大槐树"遗址，却只见碑亭不见树。这座碑亭是在第一代大槐树的遗址上建立的。碑高一丈零五，宽二尺四寸有余。碑冠在盘龙细雕之中篆书"纪念"二字，碑阳镌刻"古大槐树处"五个隶体字。据说当时这五个字不是用笔写的，而是用刷子刷出来的，而且还有一段典故。典故说的是书写者是遗址修建者之一"刘子林"的好友。这位朋友家里非常穷，因当时拿不出钱捐资修碑亭，只能用刷子写字，为遗址留下了"古大槐树处"这五个隶体字作为贡献。这位朋友献了字，但没有留下姓名。因为他的字写得非常好，就被采用了。如此特殊的捐赠，遂成为一段佳话！

在碑亭附近,是第二代和第三代大槐树,只见大槐树根深叶茂,荫天翳日。这就是由第一代大槐树滋生的第二代大槐树,距今已近400年的历史。近旁由第二代大槐树同根滋生的第三代大槐树,也有近百年历史。

不远处的千年槐根吸引了我们的目光。这是一棵罕见的大型古槐真根,这棵槐根的高度是6.2米,其中外露部分4.2米。只见槐根攀枝错节,形象奇特,通体泛着深棕色的光泽。

据考古人员鉴定,此根大约生在宋元时期,距今1000年左右,长在明初移民之前。

园区内,有关大槐树的元素,比比皆是。有以大槐树为背景,建造的三组移民浮雕图,三组移民情景雕塑。这些浮雕图和雕塑讲述了移民的起因,槐乡人们别离乡土,迁徙途中的情景,以及当年外迁的那位青年壮丁已经变成老人,还在给他的子孙后代讲述移民的故事。我们目睹着这些浮雕故事,不由得浮想联翩,由此想到我的祖辈也曾走在迁徙途中,漫漫长路,风餐露宿,艰辛前行的情景。

穿过槐香桥,继续往里走,可以看到整个祭祖园的核心——祭祖堂,这是一座明代风格的大型建筑。

祭祖堂坐北朝南,宏伟壮观,堂前置露天铜鼎香炉,堂内设1230个移民祖先姓氏牌位。这是全国最大的百家姓祠堂,是天下民祭第一堂。

父母在祭祖堂外台阶上坐下来休息。我们姐弟三人拾阶

而上，进入祭祖堂内，去寻找郭氏家族的姓氏牌位，这是此行的主要目的之一。

在工作人员的引导下，我们很容易就找到了我们家族的姓氏牌位。

我们郭姓是中国的大姓之一，在全国100个大姓中名列第十八位，占汉族人口的1%以上。

考证郭姓起源，主要有三。

一支出自夏代郭支，商代郭崇之后，《姓氏考略》中有记载，因此被后人认为是郭姓的始祖。

另一支以居住地为姓氏，如城、郭、园、池之类。郭意为外城，即在城外围加筑的一道城墙，住在外城的人以居住地为姓，这在《风俗通》里有记载。

再一支出自姬姓，为周王族后，因封国名（虢）转音而成郭姓，这是郭氏最大一支。

我们姐弟三人在郭氏牌位前上香，虔诚跪拜，感念先祖功德，祈求并祝愿郭氏家族吉祥如意。

出了祭祖堂，我们三人与父母会合。弟弟继续驾驶电动车载着父母边游览边往景区出口处走。我和妹妹穿过民俗村、魁星楼，在思源潭前留恋片刻，便离去了。水流千里总有源头，人处四海难忘故土，感叹千年大槐树，荫庇群生。

过桥就是保德州

2018年10月初的那次寻根之旅,我们返程时夜宿府谷城,远远望见对面山上有座塔,熠熠生辉,让人久久不愿移开目光。

第二天一早,我们便寻着对面山上那座塔开车前行。

离开府谷城,穿越黄河大桥,对岸就是保德州(县)。仅几分钟的车程,我们便从陕西跨到山西境内了。这也有点太近了!简直让人不敢相信,几分钟就跨越了省界!是啊!陕西和山西,确实是一水之隔。

在山西省吕梁山北段和黄土高原东交界处,坐落着名为保德的一个县。如果问起这个县县名的来历,县里人会自豪地告诉你:"仁信之城,自古有之,民保于城,城保于德!"这就是保德县县名的由来。

保德县隶属于山西省忻州市,地处吕梁山北段西坡、黄

土高原东部的边缘地带，也是晋西北与陕西、内蒙古联系的重要纽带。保德县东界有大山与岢岚县为邻，西隔黄河与府谷相望，北与河曲县接壤，南与兴县毗连。

保德县是地处吕梁山北麓的黄河之滨的一个县城，三面群山为保德县的屏障，一面大河为保德县的襟带。保德县境内地表的黄土层覆盖较厚，由于受流水的长期侵蚀，形成了千沟万壑、坡陡沟深、丘陵起伏的地形。但是，这里的水资源非常丰富，矿产也很丰富。

这是一个历史悠久的地方，在金大定二十二年时，改保德军为保德州，民国元年（1912年）又改保德州为保德县。

保德县不仅历史悠久，而且还是人才辈出的历史文化名城。当代著名女高音歌唱家马玉涛1936年2月就出生于保德县。

清初的刘祖舜（字允恭，别号过庵），是保德州义门都人。其著作有《四书集义》《礼记集义》《过庵全集》。

进入保德州后，我们寻着那座塔开车往山上去。我一直将车开到山顶，开到那座塔脚下，方才下车观塔。来到塔下，我们方知这座不高的山叫飞龙山，这座塔叫兴保塔，是保德州的文化地标。

兴保塔外观古朴、雄伟、壮观。塔共有九层八角七十二廊柱，崛出地面60.99米，总共高70米，宝鼎青铜铸造，镀铬镀钛，金黄色，高10.5米，有八根铜链牵系八角。塔外檐为三彩斗拱，屋面为宝蓝色琉璃瓦，底座有汉白玉滴水龙头，屋脊衍梁彩绘仙人走兽。台基立面为优质金山石，内基须弥座为花岗岩。一层外围36块汉白玉样板，样板外侧雕刻全国各地名塔，内侧雕刻保德民俗；二层24块样板雕刻花草虫鱼；三层为汉白玉海棠池样板；四层以上均为草白玉海棠池栏板。

你如果站在步云路正下方的兴保广场仰首眺望，宝塔巍峨、高大、金碧辉煌；如果退入三街四巷手搭凉棚望去，只见宝塔流光溢彩凌空欲飞；而站在黄河大桥上远望，宝塔别具神韵，栩栩如生；如从府谷县城骋目，宝塔气势磅礴熠熠生辉。转侧看塔塔不定，塔身缭绕蜃气幻化多变，令人惊叹不已。

若拾阶而上，游客须登880级台阶，步行780米，垂直升高130米，而后方可登堂入室。那天我们开车直上山巅，否则老人们是爬不上去的。

老人们是爬不上去的。

中华五千年文明史都是以文脉传承的，新时期以来，保德县也是百业兴旺，经济繁荣，所以士农工商纷纷倡议重建新塔，以旺保德风水。大势所趋下，政府领导带头捐款，民营企业家、保德企业及民众纷纷解囊，最终保德人用自愿捐出的款项，亲手修成了这座前无古人的宝塔。

《兴保塔记》中的颂词记录了这段历史：飞龙胜境，宝塔凌空；装点河山，开启灵运；宣示教化，孕育文明，传承历史，激励后人，德泽万物，永世昌盛。

榆林的红石峡

地处黄土高原的革命老区榆林,是座历史悠久的古城,也是历来兵家必争之地。在榆林城外,有一处精致的美景,名叫红石峡。

红石峡位于榆林市城北三公里处,距市区仅五公里。

我们去红石峡时,正值中秋时节,陕北的气温,不冷不热,非常舒适。

出了榆林市区,来到红山脚下,我们便看到一座俊秀挺拔的门楼,门洞上方镌刻着"红石峡"三个大字。据说这是我国著名美术家、教育家王森然先生的遗墨。王森然先生早年曾在榆林中学执教,传播新文化,也是刘志丹将军的导师。

走进榆林,随时随处都可见到刘志丹将军留下的印迹,当然也包括这个叫做红石峡的景区,因为将军的家乡就在陕西的保安县（今称志丹县）。1921年18岁的刘志丹考入陕北联合县立榆林中学。他曾任学生会主席，组织领导学生运动。1925年刘志丹加入中国共产党，开始投身革命，为了革命事业，他辗转全国各地，后来创立了陕北根据地。

我们穿过门楼进了景区，见游人并不很多，看不到国内其他景区常见的游人如潮的景象。在这里，人们闲庭信步，不慌不忙地游览。听着游人们的交谈，我发现大部分是本地口音，与我们相近，少部分是北京、天津口音，外地游客不多。我想这个景区目前可能还不是全国的旅游热点景区。

举目四望，这个景区确实小巧精致，却不失优美，让人联想到空谷幽兰这个成语的字面意境，应是如此这般美好。难怪历代文人墨客到此诗兴大发，留下众多摩崖石刻和字幅。

红石峡是一条大峡谷，峡谷两侧东西对峙的石崖呈赭色。石崖上布满了星罗棋布的石刻，题匾和大大小小的洞窟。

峡谷内，榆溪河水湍急，两岸林木青翠。

说它精致，是因为在这条长度只有350米的峡谷中，山、水、沙滩、石窟、石刻一应俱全。游客不需劳神费力，便可观赏到自然风光和人文历史遗迹，这样的美景确实是不可多得。

我沿着崖壁基底石阶，先从东崖的石窟观起。

东崖较大的石窟有圣母殿、睡佛殿、慈仕殿、小须弥殿、同沁殿等等。

看的出，洞窟中的塑像是新塑的，塑像周围没有壁画、碑记相伴，显得有些孤单。

据记载，这些依壁凿石而成的洞窟，大部分是明代所创。崖壁上共有44窟，窟内原有造像、泥塑像、浮雕、石刻、石碑、题红，在文革中尽遭破坏。目前仅存石窟33处，大多分布在东崖。西崖仅有五窟，也已面目皆非。

在峡谷东西除石窟外，还有历代文人墨客以及守关边将留下的大小摩崖石刻字幅，今存有巨幅题记84幅，（其中东崖54幅，西崖30幅）。其中最引人注目的是大革命时期杜斌丞、刘志丹等榆林中学师生题刻的"力挽狂澜"和抗日英雄马占山将军驻榆时亲笔写下的"还我河山"，晚清将领左宗棠所题的"榆溪胜地"及对联"白云初晴如月之曙，黄唐在独与古为新"也颇有文采。

走到宋元古刹雄山寺的天门洞窟时，看到窟外壁上嵌有一块石碑题记，上面刻有"红石峡会议"简介。原来，就在这个石窟中，曾举行过重要的"红石峡会议"。石碑上刻下了这段历史，是这样记录的：1929年4至5月间，中共陕北特别委员会（简称陕北特委），在红石峡天门洞室，召开了第二次扩大会议，参加会议的有刘志丹、杨国栋、刘润涛、冯文江、贾拓夫、白明善、李立果、常立德、刘秉钧、霍世杰、乔乃文、韩俊杰、胡颖民等。会议集中批判了特委代理书记杨国栋的右倾错误，着重讨论了加强武装斗争的问题；再次确定武装斗争可以有"白色"（派人做争取白军工作），"灰色"（派人做土匪工作），"红色"（发动组织工农建立革命武装）三种形式；主要以争取白军为主，同时决定加强对灾民分粮斗争的领导，进一步推动农民运动。会议宣布刘志丹担任特委书记，主持特委工作。这次会议为陕北党组织开展活动指明了方向，为进一步领导和开展兵运及群众运动打下了基础。真是一篇难得的历史教材。

由此遗迹也可以看出，刘志丹将军在陕北大革命期间的重要地位。

刘志丹将军是陕北红军的领袖，他在陕北的老百姓中威望非常高。只可惜，这个传奇英雄在革命尚未成功之时便不幸牺牲了。

1935年底，刘志丹敞开胸怀，迎接经过二万五千里长征后已疲乏至极、人员伤亡惨重的中央红军主力部队，让他们在陕北根据地休养生息，然后以陕北红军为主体组建了红二十八军。由刘志丹担任军长，宋任穷担任政委。

1936年4月14日，刘志丹将军牺牲了，牺牲时年仅33岁。刘志丹将军的英年早逝，确实令人痛惜。

从此以后，刘志丹这位西北红军和西北革命根据地的主要创建人之一，中国工农红军的高级将领，永远留在了陕北人民的心中，同时也被载入了中国革命的史册。

我带着一种怅然的情绪，离开了天门洞石窟，随着游人步入被称为"地门"的较窄石窟隧道，弯腰穿出隧道，走到

峡底榆溪河岸边，然后登上飞架东西两岸的普渡桥，伴着潺潺的流水，来到西崖。

西崖不及东崖的石窟和碑林多。仅有的5个石窟，洞内既无造像、雕刻，也无壁画、题记，显得空空荡荡，凄凉无比。我在想，这些洞窟原来会是什么模样呢？还能有机会重现往日的面貌吗？当然没有人回答我。

我们走出洞窟，举目望向溪边的沙滩，游人甚多，欢声笑语不断传来。明媚的阳光洒满了沙滩，榆溪河两岸绿树成荫，河水清澈，自北向南湍湍而流。红石峡的奇山秀水、石窟古刹、摩崖石刻，真的不失为是一幅精美画卷。

山西蒲州古城

古老的蒲州城，位于山西南端的运城，坐落于黄河的东岸，是一座有着五千年历史文化和两千年繁荣盛世的名城，曾被誉为我国古代六大雄城之一（六大雄城：蒲州、陕州、郑州、汴州、怀州、绛州）。蒲州古称蒲板。

相隔一年，我曾两次走近山西省运城永济的蒲州古城。

一次是在2018年12月初，我去山西侯马参加侄女的婚礼。婚礼过后，新任岳父的堂弟郭东山，带领我们一群兄弟姊妹以及六姑夫，去运城探访古迹。途中，我们路过蒲州古城。后来我才知道，这是运城访古的必经之路。那天，我偶然遇见了最古老的城池和城楼，并被深深地吸引住了。

第二次，是在2019年10月国庆长假，我们姐弟三人陪父母的山西之行，又经过了必经之地——蒲州古城。直到这天，我才细细端详了这座上古之城。

在《帝王世纪》中有记载："尧旧都在蒲,舜都蒲坂"。

据说,早在部落联盟时期,蒲板一带就是中华文明的政治、经济、文化中心了。而到了唐代和明代,蒲州城的规模已经发展的相当大了,这是蒲州历史上两个繁荣昌盛的时期。当时的蒲州城外,有处古渡,叫蒲津渡。那时,蒲津渡有一座横跨黄河的浮桥。这座浮桥比西方波斯军队架设的波斯普斯海峡浮桥还要早四十八年,所以浦津渡的黄河浮桥堪称天下第一浮桥。从这座天下第一浮桥的架设可以看出,当时蒲州古城的经济实力和建筑技术确实不一般。

在元初,当成吉思汗的铁蹄踏来之时,金主完颜氏发现蒲州河山可为障,这里易守难攻,便迁都于蒲州死守。最终,金元之争使得蒲州遭受了严重的破坏。

到了明代洪武年间,官府出资加固了城池,遂又使蒲州城变得完整、壮观和坚固。不料,明嘉庆34年(556年)的一场大地震,竟使蒲州城毁于一旦。嘉庆35年,官府又重修城墙以土筑之。史料记载,蒲州城最后一次修建是清同治七年(1868年)。

因离黄河较近,蒲州古城从明朝开始,屡受黄河水患的威胁。到了1942年7月,黄河改道,河水淹没了城北的20多个村庄,而坚实的蒲州城墙却将黄河水劈成两股,使黄河水绕城而流,而城被围在其中。所以,当时的蒲州城号称是河中府。1946年秋,黄河水又大涨,河床高出城池,不得已,县城于第二年迁出蒲州。

考古学家通过对永济境内的独头、石庄等文化遗址的发掘,证实了这里曾经存在着悠久的历史和文明。史书中所称的"舜都蒲坂",经现代考古,也已被证实。

位于蒲州古城西门外,黄河东岸的蒲津渡遗址,在二十世纪末的考古发掘中,完整出土了唐开元十二年铸造的铁牛4尊、铁人4尊、铁山两座、铁墩4个、七星铁柱一组,还出土了明代防护石堤70余米,明正德十六年(1521年)记事碑一通。这些文物的出土,对研究我国桥梁史、冶炼铸造工艺、黄河故道的变迁、水文等方面都有着极其重要的学术价值。这些历史文化遗迹无一不向世人昭示着这一历史文化名地的盛世辉煌。

我们绕着古城细细端详。今天的蒲州古城,只留下半截城墙,鼓楼和一片残垣断壁。古城东门虽是一片废墟,但城墙的规模仍在,可以看出当初瓮城的规模,而且其中一个城门洞基本完好,洞内墙上镶有一块石匾,上面刻有"砌石为路,以便人行,践斯石者,福寿康宁。大明万历癸巳秋吉"的字样。这表明此城在万历年间曾被重修,城门两侧的墙向南北延伸。这古城的四面应皆有门洞,只是现已被堵死。看得出原四个门洞上都有匾额,对联。由于年代久远,对联已剥落,匾额只剩下西、南两个,据查证,对联如下:

东面楼对联:条岭云开丽舜日,涑水泽远千儒风。额文:曦光普照。

西面楼对联：叠嶂充光连华岳，千河天险空秦关。额文：应庚思过。

南面楼对联：对酒对歌好寿句，临风相见理玄诗。额文：迎熏解愠。

北面楼对联：翘瞻北斗层霄处，近接龙门一曲中。额文：仰望霄汉。

鼓楼的西边是至今保存最好的西城门，由于泥沙淤积，原有的城墙大部分埋于泥沙之下，只露出约2米的城头。城门洞如同地下通道，也是四个城门中唯一被修复过的。

据《蒲州府志》记载，蒲州古城墙高八丈，方圆一千六百步，换算一下，要比现如今的平遥古城大2万余平米。照这么说，蒲州古城应是山西省境内最大的古城。

1959年，因三门峡水库的建设，蒲州城被列入淹没区，故城内居民全部迁出，古城从此便被废弃。

古老的蒲州，曾经的繁荣与辉煌虽已成为历史，但在历史流淌的岁月里，曾经的传说变得越来越清晰。

路过河曲,遇见白朴

因黄河在这里拐了一个弯,于是,河曲就成为黄河入晋后第一个以黄河取名的县。

2018年10月初,我陪父母、二爹去陕西神木寻祖,返程时路过河曲。

当我们进入三面环水的河曲县境内,第一眼看到的是一座高塔,塔的底座呈圆形,塔身尖细高耸,像一支铅笔,高耸入云,走近一看,塔底写着"文笔塔"!这塔名简直是再形象不过了。

我们到了文笔塔下才知道,文笔塔是白朴公园里的主体建筑,也是河曲的文化地标。

关于文笔塔,还有一个颇为吸引人的传说。据传说,这座塔是为了平衡地运而建的。

相传清初,河曲很穷,当年流传着一首民谣:"河曲保德州,十年九不收,男人走口外,女人捡苦菜。"为了翻身,县吏乡绅请来了堪舆家。相传这位风水先生走遍了河曲的大街小巷,总也找不出要害所在。待走到日落黄昏时,这位先生踏上了河堤坝。站在坝上,先生极目远眺,突然发现河对面有一条黑龙,虎视眈眈,正在吸吮河曲的精气。河对岸是内蒙古的大沟村,而大沟村位于一条形似黑龙的长沟沟口。那里的地貌看上去很古怪,阴气习习,形状如黑龙的血盆大口。先生想,有如此异兽酣卧对侧,河曲城焉能聚金生财?于是县吏乡绅决定在城头建塔镇妖。于是31米高的状元塔直插云天,而状元塔的椽笔倒影,看上去有如一条缚住黑龙的长索。这条长索越过黄河,镇压在怪兽头上,镇住了妖气。说来也巧,河曲在乾隆年间建立了状元塔后,竟是一年比一年兴旺,成了南来北往的晋商必经的水陆码头。驼帮满载着中亚、新疆、内蒙古的毛皮,由此赴中原。马帮满载着南方的丝绸、茶叶,由此赴西北。那年代小小的河曲县城,经常是客商云集,货栈爆满。

领略了文笔塔的风采,我们走进白朴公园,一尊汉白玉塑像印入眼帘。这是河曲县晋西商贸有限公司捐建的一尊白朴塑像,是当年中秋前夕刚刚落成的。只见白朴手捧书绢,正襟危坐,越看越像爷爷晚年时的样子,那么和蔼可亲。白朴是谁?他有着怎样的来历?走到塑像前我才从塑像底座的文字说明中知晓,白朴是元曲四大名家之一,好惭愧我的学识浅薄。

在河曲，我们与这位著名的元曲作家白朴，不期而遇了。以前我只知道《窦娥冤》的作者关汉卿是元曲名家，来到河曲后才知道，河曲还有一位白朴，与关汉卿齐名。看来，天下没有白走的路。这一路走来，总有意想不到的历史名人会与你不期而遇，给你讲述那段你闻所未闻的历史故事。

随后，我便对白朴产生了浓厚的兴趣，想去探索白朴的历史。

"知荣知辱牢缄口，谁是谁非暗点头。诗书丛里且淹留。闲袖手，贫煞也风流。"白朴的这首曲子看上去有些消沉，但这正是他对人生的态度和他的处世哲学。

白朴的父亲白华原在金朝做官，后来投宋，继而又降元。父亲先荣后辱的历史，对白朴刺激很大。为此，他不仅看破荣辱，而且超越了荣辱。他知道什么是"荣"，也知道什么是"辱"，但他却守口如瓶，缄默不语，不愿道破。

白朴宁可过贫困的日子，也不愿步先父的后尘，他只在诗书中去讨生活。他曾说："不因酒困因诗困，常被吟魂恼断魂。"他努力在诗书中寻找乐趣，"孤村落日残霞，轻烟老树寒鸦，一点飞鸿影下。青山绿水，白草红叶黄花"。只要安贫乐道，即使贫极也风流。知识分子的风骨，表现得如此坚忍与决绝。

虽然历史走过了数百年，但却掩饰不住白朴留下的光辉。

边走边想

离开河曲时,静望着西口古渡的黄河水,大家发现了一个有趣的现象,按照常理黄河水本是从西流向东的,可这里竟是反向的,从东流向西!一时脑谧,我们不知这是怎么回事啊?拍拍脑门一想,河曲不就是因为黄河在此拐了个弯而得名的吗?河曲境内的这一段黄河,有三分之一从东向西流,然后汤汤之水自西转而向南流去,"西口古渡",就在城西边的黄河拐点上。在这里,呈现出城水相依的景观。

古渡对面是一条通往内蒙古腹地的西口古道。当年,二姑舅捎来一封信,他说西口外好收成。从此,有多少"哥哥"就在此古渡口与"妹妹"挥泪而别,不管是悲伤的泪,还是激动的泪,"泪蛋蛋能把个船漂起"。当年的走西口,留下了无数催人泪下的故事,正是这些故事造就了传统二人台"走西口"的久远流传。

蒲州城外鹳雀楼

山西省运城永济市蒲州城外的鹳雀楼,是中国古代四大名楼之一。

鹳雀楼是由北周大将军宇文护建造,当时是一座军事戍楼。因时有鹳雀栖息之上,遂名为鹳雀楼。唐宋之际,文人、学士在此留下了许多不朽诗篇,鹳雀楼遂成了一种文化的标志和象征。

女儿幼年学习唐诗时,朗读的第一首,便是唐代诗人王之涣的《登鹳雀楼》。有时我在想,是脍炙人口的古诗成就了鹳雀楼的芳名,还是鹳雀楼的壮观使得这首古诗成了千古绝唱?

那天,我们姐弟三人陪着父母,来到永济市的蒲州古城。当我们走到蒲津渡遗址时,远远望见了那座俊美挺拔的鹳雀楼。

我们走进鹳雀楼景区时，正值中午，天气晴朗，艳阳高照。景区内游人颇多，我猜想，大多数游人可能与我们的心情一样，也是奔着王之涣那首诗慕名而来观赏鹳雀楼的吧！千年唐诗的吸引力确实是不可抗拒的，而更不可抗拒的吸引力当然还是来自鹳雀楼本身的历史。

据记载，鹳雀楼建成后，经唐历宋，到金章宗明昌年间，楼还屹立如故，到宋以后楼被水淹没。后来水虽退却，但楼已失去往日的繁华和兴盛。最终，鹳雀楼毁于元初的战乱。在以后的数百年里，鹳雀楼给无数游人，空留下无限的遗憾。

现在的鹳雀楼是21世纪初，在旧址上重建的，是钢筋混凝土框架结构的鹳雀楼。

我们搀扶着母亲，随父亲一起登上高高的台阶，走进鹳雀楼中。楼内的设施很现代化，内部陈设以河东文化和黄河文化为主题。以硬木彩塑制作的《中都蒲板繁盛图》，再现了盛唐时期蒲州城的繁荣景象。

我们跟随讲解员乘电梯逐层参观，最后在九楼的露台观赏王之涣曾观赏过的景致。我们远眺舜都遗址，近瞰黄河之水从天上而来，确实有腾空欲飞的感觉。虽昔人已去，而河山之伟，云烟之胜，确不输于往古矣。

当我们正在感慨之时，楼内突然停电了，电梯也因此停运，这大概不是经常发生的事情。没想到，这桩偶然的意外，让我们这批游人撞上了，简直像中了大奖一样，令人惊愕。

父母年迈，下不了楼。我们姐弟三人陪父母坐在八楼等待来电。

等了一刻钟，不见来电，众多游人等不及，陆续开始经步梯上下流动起来。

父母说，我们也走步梯吧。

扶着母亲，我们从步梯下楼，每下一层，歇一会儿，终于下至一楼，电还没有来。我们暗自庆幸，没有在楼上傻等。

我想，停电之事也并非全无益处，或许还能算是歪打正着，让众游人环保了一次，低碳了一次，进行了一次有氧运动。所以无论从体力上还是精神上，我们仿佛找到了当年王之涣登临鹳雀楼的真实感觉。

七彩丹霞在张掖

我最初知道"张掖"这个地名,是在二十多年前,因为当地教学水平极高,高考状元倍出而略有所闻。

近几年我再次听到"张掖"盛名,是因七彩丹霞地貌举世瞩目。父亲也被张掖的丹霞地貌深深地吸引住了。老人家时常站在家中餐厅墙上贴着的中国地图前,仔细端详,念叨着河西走廊,念叨着张掖的丹霞地貌。我也随着父亲手指的方向,逐渐熟悉了河西走廊,以及河西走廊上的那颗明珠——张掖。

2019年6月中旬,我们开启了酝酿已久的河西走廊之行。到张掖入住宾馆时,我们一进大厅就发现墙壁上的巨幅七彩丹霞壁画,其颜色之艳丽,让人颇感震憾。父亲说:这幅画的颜色太浓了,有点不真实。我们也都有同感。

当天下午,我们开车去往临泽县倪家营乡,在路上远远便望见色彩斑斓的群山、丘陵，仿佛是一个童话世界。离得越近，色彩越发令人震撼，我们不住地发出惊叹！

到了景区，我们请了一位穿着民族服装的裕固族美女导游，她热情、纯朴、美丽、大方。

一开场，导游便让我们了解了一个不常听说的少数民族——裕固族。

裕固族是甘肃省三个特有的少数民族之一，聚居在甘南裕固族自治县境内，现有一万多人，属于典型的游牧民族。他们住帐篷，穿长袍，饮食以牛羊肉、酥油奶茶、青稞酒为主。裕固族的服饰华丽鲜艳，歌舞活泼欢快。

在张掖遇到这位导游，我们头脑中真是有太多的问题想要与她交流。

关于张掖丹霞地貌是如何被发现的这个疑问，导游给我们讲述了一个故事。

目前我们所看到的这些独特的彩色丘陵地貌，在地球上已经存在几百万年了，从前这里是一处人迹罕至的山区。当地人看惯了这里的山川地貌，以为天下的山都是这个样子，因此并不觉得有什么稀奇之处。山里人天天放羊，羊在山上走，人在远处看，天天早出晚归，年年如此。

后来，有一位姓郑的职业军人喜欢摄影，节假日到处转转，捕捉大自然的奇妙之处收入相机。2002年国庆假期，他在梨园两岸拍片时，偶然发现了这片彩色地貌景观。当他第一眼看到彩色丘陵时，即产生了最令他激动的感触，欣喜

中,他一下子拍完了十几个胶卷。郑先生的摄影作品发表后,立刻引起了国内国际的广泛关注。他的作品让世人知道了甘肃张掖的丹霞地貌竟是如此之美。

再后来,央视四台《远方的家·百山百川行》栏目拍摄的《百山百川行(115集)——祁连山:七彩丹霞》,于2013年10月10日播出。节目向观众介绍了位于甘肃省河西走廊中段的张掖丹霞地貌,片中展示了气势磅礴的七彩山峰和山脉,逶迤陡峭的奇岩怪石。从此,张掖丹霞地貌的美艳走入了世人的视野。

我想父亲大概就是看了这一期节目,才知道张掖竟然有这么美的丹霞地貌。随后的日子里,父亲一直在心里描摹着,这美如画卷的七彩丹霞。

如今,父亲总算亲眼见到了这神奇的景观,果然是美如画卷。这令父亲激动不已,惊叹不止。想起中午在宾馆看到的壁画,我这时才觉得一点也不夸张,七彩丹霞本来就是这么浓艳。

我们参观景区时,看得出景区基础设施完备,山间道路和观景台以及栈道均已修通,只是游人还不很多,不象那些著名的景区,人满为患。这里显得比较清静,给人舒适的感觉。

导游给我们安排了三站观景点,并且我们可以乘专车前往。

参观路上,我们路过山坡上的几间简易房子。导游介绍说，这是张艺谋拍摄《三枪拍案惊奇》时留下的影视城，剧中那一望无尽的红色山脉，就是张掖的丹霞地貌。姜文导演的电影《太阳照常升起》，钱雁秋编导的连续剧《神探狄仁杰》（第三部）也是把该景区作为外景拍摄地的。

  下车后，我们顺着山间新修的柏油路，登上观景平台，极目远眺，只见数以千计的悬崖山峦全部呈现出鲜艳的丹红色和红褐色，相互映衬各显其神，确如古人所描述的"色如渥丹，灿若明霞"的奇妙风采。这处丹霞地貌群，层理交错，岩壁陡峭，气势磅礴。斑斓的色彩中，有红色、黄色、白色、绿蓝色，而且色调顺山势起伏而呈波浪状，也有从山顶斜插山根的，犹如斜铺的彩布，在阳光的照射下，像是披上了一层红色的轻纱，熠熠泛光，异常艳丽的色彩，让人惊叹不已。导游不停地指给我们看七彩丹霞地貌那些独特的造型，如七彩霞峡、七彩塔、七彩屏、火海、七彩练、玻璃峰、七彩湖、七彩丘陵、七彩菇、大扇贝等造型。这些独特的景观，经导游一指点，看上去栩栩如生，气势磅礴，令人震慑，也令人陶醉。

  震撼之余，我们对如此神奇的大自然佩服极了，丹霞地貌能呈现如此丰富的色彩，到底有着怎样的奥秘呢。我们知道红色土质是因为含有铁离子，那其他颜色呢？是含有什么离子？导游解释说：其实都是铁离子，只是铁离子的含量和价位不同而呈现不同的颜色。赤壁丹崖受流水作用使有机质沉淀，被染成片片黛青色、暗褐色、丹红色，状如七彩斑

斓，在蓝天、白云映衬之下，构成了一幅多彩的图画。

我们发现丹霞地貌的山体纹理，层次非常分明，脉络亦很清晰。导游介绍，山体的纹理层次即是山体的年轮。山体的一个年轮就是一百万年，树的年轮是一年，人的年轮就是一岁。与丹霞地质结构的年轮相比，人在大自然面前，是何其幼稚啊！

张掖丹霞的磅礴气势，雄浑苍劲，真可谓："霞山拟岱宗，俯睨宇宙小。""巍峨独标峙，登之心旷然。"欣赏着神奇的丹霞，不由得让人"念天地之悠悠，怀古今之万事"。大自然的鬼斧神工，着实让人赞叹不已。

张掖古称甘州，是甘肃"甘"的由来，也是古丝绸之路上的重要一环，是古代河西四郡之一。

游客来到张掖，不知不觉中就会耳闻目睹张掖的一些历史。

张掖也曾是历代中国王朝在西北地区的政治、经济、文化和外交活动中心。历史上的张骞、班超、法显、唐玄奘等都曾途经张掖前往西域；隋炀帝早于1500多年前的公元609年在张掖召集27国君主使臣，召开了"万国博览会"。当年的马可·波罗也曾醉心于此，并且在此地停留长达一年之久。或许，马可·波罗也曾被七彩丹霞迷住了吧？

张掖不仅有大自然馈赠的丹霞地貌，而且地处河西走廊的张掖有着悠久的历史，值得人们去探寻。

武威就是古凉州

"葡萄美酒夜光杯,欲饮琵琶马上催。醉卧沙场君莫笑,古来征战几人回。"想必大家都非常熟悉这首《凉州词》吧。

闻名遐迩的"凉州"是个古地名,许多年前我就是通过这首脍炙人口的《凉州词》得知的。而"武威"这个地名,我是近几年才知道的。那年我家先生陪他父亲回甘肃民勤老家寻根回来后,才从他口中得知"武威"这个地名,由此知晓了这里曾经是个很有名的地方。我们最熟悉的民勤县就属于武威,再后来我又知道了武威是河西走廊的起点。

这样绕来绕去,又说到"河西走廊"这个地理名词。

河西走廊,是父亲常常念叨并无限向往的地方。他老人家说那里有着无数的历史故事,正是这些历史故事吸引着父亲总想走进河西走廊,去看看那些历史遗迹,探寻一下传说

中古罗马人的故事，顺便看看貌如仙境的七彩丹霞地貌。

父亲和我们姐弟三人多次对着家中餐厅墙壁上那幅中国地图，规划着西行的路线，最后确定，2019年6月实施西行计划。我们设计了出行的具体路线：驾车从临河出发，先去河西走廊的起始点武威，然后到金昌、张掖、嘉峪关，而河西走廊的终点敦煌、玉门关，因几年前我陪父母已经去过，这次出行就不准备去了。

计划返程时，我们准备走另一条线路，经河西走廊中部的张掖穿越祁连山，到达青海西宁，然后途经兰州、银川、返回临河。

2019年6月14日，我们一家五口从临河出发，驾车沿着G6高速公路，一路向西驶去。

中午，我们在宁夏的吴忠县吃饭休息。

下午，我们伴着小雨继续上路。傍晚7点多，我们到达武威宾馆入住休息。

在此之前，我们先阅读了武威的历史，那段历史，我们以前并不熟悉。

在中国历史上，西晋末年至北魏统一北方之前这段时间，正是北方的十六国时代，这个时代前后加起来也就是百余年的时光。原先繁华发达的中原地区陷入了连年不断的战争，经济遭到了严重破坏。当此之际，河西这里学者云集，人才辈出，继而教育日益发达，著书立说也蔚然成风，因此这里便拥有了一段光辉的历史记录。

在这百余年间，北方先后有十六个少数民族或汉族政权割据称雄，因此历史上称之为"十六国"。北方十六国中，有五个政权相继出现在河西走廊，后世人分别将它们称作前凉、后凉、南凉、北凉、西凉，简称"五凉"。"五凉"政权有效管辖的地域，主要在今甘肃省河西走廊，以及北部居延泽（今内蒙古额济纳旗）一带，南部河湟（今青海省西宁市附近）地区，东部至金兰城（今兰州市附近）。五凉时期河西的政治、经济文化中心就在姑臧（今甘肃省武威市），除了西凉政权外，其他四个凉国的都城始终或是曾有一段时间是设在姑臧的。

而西凉政权是从北凉治下分裂出来的，最终又被北凉收复的一个割据政权，西凉在河西地区的西部只存在了22年（公元400—421年）。这个政权是由汉族李暠、李歆父子相继在敦煌、酒泉建都立业，割据一方的。

这段历史，对大多数普通百姓来说，都不太熟悉，我也是脚踏了实地，才有缘了解这段历史。

考古证明，远在四千年前，武威地区的文化发展情况已经与中原地区相接近。

《武威县志》里记载，武威在西周和春秋战国时代，是少数民族西戎部落住牧的地区，所谓"西戎"，就是羌族的祖先。秦时武威是被乌孙与月氏所占据的。

众所周知，匈奴在很早以前就是我国北部边疆上的一个少数民族。

到了秦时，中国北方的匈奴空前强大起来，而到了汉文帝初年，匈奴赶走了月氏，占据了武威和整个河西走廊。

西汉初年，匈奴利用当时楚汉相争，中原大乱的时机，向南越过长城，占领了很多地方。汉朝经过长期战争，国力虚弱，无力对付匈奴的入侵，只有采取和亲政策，把公主嫁给冒顿单于。

西汉王朝经过六七十年的休养生息之后，到公元前140年汉武帝继位后，国力充实，抗击匈奴侵扰的条件也就成熟了。

汉武帝为了阻止和切断匈奴与西羌的交通往来，曾想了很多办法，史书称此举为"断匈奴右臂"。公元前138年汉武帝派张骞通西域，联络各国，共同对付匈奴。张骞虽没有联络上这些小国，但了解了不少西域情况，为汉朝以后开辟"丝绸之路"，进行中外物资交流建立了不朽功勋。

公元前121年春，汉武帝派骠骑将军霍去病出陇西击匈奴，打垮了匈奴休屠王，占领了河西走廊东端。为了纪念这一战役，汉武帝把这块地方取名"武威"（在今民勤县北部），意思是曾在此显示西汉王朝的军威和武功，这就是武威地名的来历。

因此武威在汉代是军事重镇，也是东西交通重镇，毫无疑问，武威的汉代文化遗产应是相当丰富的。

6月15日上午，我们去关中路参观雷台汉墓。雷台汉墓是东汉晚期的墓葬，据说是一座丰富的"地下博物馆"。

我们进入雷台景区广场，第一眼便看到广场上矗立的铜奔马，其身后跟随的是放大六倍的99个铜车马仪仗俑群。只见头马单脚踏在一只小小的飞燕上，这种姿势竟然可以保持住整个造型的稳定，简直是太神奇了！再看时，我们便发现了一个颇为惊人的秘密，这不就是大家所熟知的中国旅游标志吗？原来它就在这儿。我们不由地仔细端详起来，只见马虽然飞驰着，但眼神却瞥了一眼脚下的燕，似乎想看一看自己不小心踏到了什么，而脚下的燕子也有一个回眸的姿势，似乎也想知道，是谁踏了自己一下。这样的神态实在是太生动了。

再细看铜车马仪仗俑的马，造型也非常有看头，几乎每一匹马都昂着头，张着嘴巴，挺着胸脯，显露出斗志昂扬的精神状态，据说这些马都是汗血宝马。铜车马仪仗俑包括武士俑17件，奴婢俑28件，铜车14辆，铜牛1件，铜马39匹。看这阵势，应该不是普通人所能享有的陪葬品，雷台汉墓出土的这些珍品，它的主人究竟是谁呢？

再往里走，我们便看到了雷台。

雷台，是黄土垒筑的高台，高台上有雷祖庙，那是一座清代建筑。雷台上古柏巨槐，翳天避日，台下东南角便是那座被称为雷台汉墓的东汉晚期墓葬。

导游介绍说，雷台汉墓是1969年"深挖洞、广积粮"时挖出来的。

导游带领我们参观了雷台下的1号墓和2号墓。1号墓墓门向东，甬道长约40米，甬道两侧墙壁绘有花卉图案，甬道内，阴冷、潮湿；通过甬道进入墓室的前室，带有左右耳房；再进入墓中室，也有左右耳房和后室。铜车马仪仗俑便是从后室出土的。整个墓室建筑是砖结构，无梁造型，面积约60平方米，前后中室顶部为微斗式，绘有莲花图案。考古专家推测1号墓的主人，大约是东汉晚期人，是一位姓张的将军，距今约1800多年。

2号墓在1号墓近旁，墓主人无法考究，但从地理位置上看，像是一号墓的长辈。2号墓比1号墓小一点，也无左右耳房，一样的阴冷、潮湿，让我们切实感受到了凉州的"凉"。父亲因此受凉感冒。所以进2号墓时，父亲就没有让母亲进去，唯恐她也会受凉感冒。

接下来导游又带我们参观了五凉文化展厅。

从这里，我们看到，从汉至唐的千余年间，中华民族是如何经过分裂割据走向融合繁盛的。就是在这一时期，出现了凉州词。凉州词本是凉州歌的唱词，最早是源于汉时西域歌舞，经历了魏晋南北朝之后，逐渐传入了中原地区，在盛唐时代广泛流行而成为一种曲调名。凉州词的形成和演变，勾勒出西域外来乐舞与凉州民间艺术结合的轨迹；其主题内容，描述出边塞军民感情生活的豪迈与苍凉；其词曲作者，无论是亲历战火的将士，还是到过凉州的文人，都以其爱国的真情和人性的实感，写下了流传千古的凉州。

也正是在武威，西承龟兹乐舞的风情，东传凉州乐舞的神韵，孕育出了中华诗词艺术宝库中的绚烂奇葩——凉州词。

  黄河远上白云间，
  一片孤城万仞山。
  羌笛何须怨杨柳，
  春风不度玉门关。

  唐朝王之涣的这首凉州词，让西域的苍凉之美千年不息。

  从雷台汉墓景区出来，我们开车来到罗什寺塔。父母感觉有些疲劳，便留在车上休息。我们姐弟三人下车进寺参观。

  罗什寺塔，是为了纪念西域高僧鸠摩罗什在武威弘扬佛法，翻译经典的功绩而建造的，罗什寺塔，最早建于后凉。

  说起鸠摩罗什来，我们了解到，他是汉传佛教四大佛经翻译家之一。他生于新疆库车，幼年即随母出家，前秦时来到凉州，驻锡此地长达17年。在后秦弘始三年，姚兴派人将鸠摩罗什迎至长安。鸠摩罗什率弟子僧肇等人翻译佛经74部，380多卷。由于他的译文非常简洁、晓畅、妙义自然，诠显无碍，所以深受众人喜爱而广为流传。

  鸠摩罗什作为大乘佛教的一代宗师，除了系统、全面地向中国介绍了当时盛行于印度的大乘学说体系之外，通过他

本人的阐述宣讲和传授等活动培养了一代佛学学者，对中国佛教哲学思想的完善和发展产生了巨大的推动作用。

鸠摩罗什引进的般若中观学，当时即对魏晋玄学以极大的刺激，后来又通过禅宗，去影响宋明儒学及宋元道教，并渗透于整个中国文化，成为中国传统文化不可分割的组成部分。

中午休息后，我们又开车去参观天梯山石窟。天梯山石窟距武威市城南约五十公里处，在祁连山由东南向西北分支的一条山脉上。

天梯山石窟，也被称为凉州石窟，别名凉州大佛洞。该石窟始建于东晋时期的北凉，距今约有1600年历史。凉州石窟本是中国开凿最早的石窟之一，也是中国早期石窟艺术的代表，是云冈石窟、龙门石窟的源头，在我国佛教史上占有重要地位，被喻为"石窟鼻祖"。凉州石窟被开凿后，西域高僧蜂拥而来，译经说法，凉州一时佛名远扬，至北魏时期，这里的佛教艺术达到鼎盛。

远远望去，天梯山山峰巍峨，陡峭峻拔，高入云霄，山有石阶，拾级而上，因道路崎岖，形如悬梯，故称天梯山。因山巅常年积雪，俗称"天梯积雪"。

据说是在1958年的4月，为了解决黄羊河下游8万农业人口的生活用水和17.93万亩耕地用水，武威市决定在天梯山石窟右侧不远处兴修黄羊河水库。天梯山石窟恰好地处水库淹没区，为了不让石窟中的塑像和壁画被淹没，经有关部门批准，天梯山石窟中大量的塑像和壁画被拆了下来，搬到甘肃省博物馆保存。

在之后的几十年里，武威市及相关水利专家多次对黄羊河水库测量，发现当初过高估计了蓄水水位，水库对小洞窟的文物并未造成威胁。故2006年，应国家文物局的要求，这批文物又被运回了武威，然后在天梯山石窟原址陈列展出。

我们来到这里时，正下着小雨，只见黄羊水库碧波荡漾，远处山景烟雾茫茫。天梯山的伟岸雄姿倒映在清澈碧波之中，大自然的景色远胜任何一幅风景画。

天梯山石窟现存18个洞窟。主体建造大佛窟开凿于盛唐时期。

我们撑着雨伞，经过栈道，进入罗汉窟洞。洞内两侧墙壁中均塑有小型罗汉雕像。雕塑造型精致，形态各异，可谓千姿百态，精美绝伦。出了罗汉洞窟，顺着栈道即可见主体石窟，石窟高30米，宽19米，深6米。窟内石胎泥塑释迦牟尼大像依山而坐，塑像高达28米，宽10米，面水而立，右臂前伸，指向远方。释迦牟尼两旁还有文殊菩萨、普贤菩萨、广目天王、多闻天王、迦叶、阿难等6尊塑像，均造型生动，神态威严。窟内南北两壁绘有大幅壁画。南壁上部为去纹青龙；中部为大象梅花鹿，大象背部驮有熠熠发光的经卷。下部是猛虎和树木花卉。北壁上部绘有青龙双虎，中部绘有白马、黑虎、菩提树，马背上经卷闪光；下部绘有牡丹花卉。整个壁画笔触清新，色泽艳丽，形象逼真。

天梯山的景色,正如清代诗人张昭诗中所言:

漠漠青冥不可梯,
梯山高出辟层蹊。
朝年有路风云合,
隐雾何人竹不栖。
玉塞万年凭作障,
泉源六出名成溪。
振衣千仞曾寻梦,
一览青川绿树低。

武威这座历史上的边塞古城,中古十六国时代的凉州,不曾辜负历史的重托,一度成为了历史上北中国的文化中心,为中国历史留下了浓墨重彩的一页。

又见广州

我来广州已是第二次。

我第一次来广州，大约是在十年前的一个盛夏，我去参加一个学术研讨会。那时，广州留给我的记忆不多。除了葱茏的南国风光让人赏心悦目之外，其炎热的气候对于来自北方的人确实是个考验。广州特色风味的美食虽有诱惑，但对于我这根深蒂固的北方味蕾，也是个不小的挑战。最终，让我落得饥饿而归。

时隔十年，今年四月底，我第二次来到广州。这次，广州给我的印象与十年前大不相同。

广州历史悠久，名气很大。一是改革开放后，广州的经济快速发展，走在全国的前列，成为国内重要的一线城市，是"北、上、广、深"四大名城之一。广州常住人口就有一千五百多万，属于超大城市。如果与我们巴彦淖尔市比较一下就更清楚了，我市目前只有一百七十万人，广州几乎是我们的十倍，而土地面积只有我们巴彦淖尔的九分之一。

二是广州具有2000多年的历史，从秦汉开始就有了文字记载。

特别是近现代，那些接二连三的重大事件，如虎门销烟、辛亥革命、广州起义、北伐战争，亦为广州这座城市留下了深深的烙印。

且不说，这些重大历史事件发生时是怎样的惊心动魄，也不说这些事件对中国革命所起到的影响有多么重要，仅仅就其中的一些零星历史片段，也能让我有"窥一斑而见全豹，观滴水可知沧海"的感觉。

那日早晨我从惠州海湾出发，上午十一点到达广州市区。

四月的南国，应是最舒适的季节。我沐浴着温暖的阳光，漫步广州街头，细细品读这座被称为花城的大都市。

辛亥革命、广州起义、北伐战争的硝烟早已散尽。繁华、喧闹的广州街头，乍看貌似国内寻常的大城市，而当你仔细品读这座城市时，却能发现那些久远历史留下的印迹还是清晰可辨的。

第一站，我们来到越秀区的广州起义纪念馆，这是座园林式的景区。在那里，我遇见了陈铁军女士。哦，记起来了，她就是当年我们中学课本里《刑场上的婚礼》中的女主角。

陈铁军，原名陈燮君，是位华侨子女。她的照片挂在巾帼英雄栏目中，看上去，是那么年轻、秀美，但却目光坚定。当时她只有二十岁。现在，终于见面了，原来，她就在这里。

那场婚礼故事发生在广州起义失败后。曾经假扮恋人，掩护革命工作的陈铁军和周文雍不幸被捕。1928年2月6日，在广州红花岗刑场，两位年轻的革命者，面对敌人的枪口，把刑场作为结婚的礼堂，把敌人的枪声作为结婚的礼炮，婚礼之悲壮，确是空前绝后，令人唏嘘。

午饭后，我如约去参观广东省博物馆。早在去广州的途中，我们便上网预约了。一路上，同行的朋友说，广州还有一位叫赵佗的历史名人，曾在这里建立了南越国。

车行到天河区，隔着车窗，便看见眼前有座造型独特的建筑物，整体呈天蓝色，具有立体几何结构造型，看上去宏伟、大气，我猜想，这一定是省博物馆了。

午后的广州街头还是比较热的，气温已达30摄氏度。博物馆前排队等候参观的游人虽多，却不拥挤，也不喧闹。

排队进馆后，我们顿觉凉爽无比。

租了讲解器，我们开始按历史年代顺序参观。看完四层楼展厅，我似乎觉得，陈列馆内对于赵佗和南越国的介绍不甚详尽。重新跑遍1~4楼，我也没有如愿找到想要了解的历史细节。

带着一丝遗憾，我们离开了省博物馆。

这时，已近下午四点，我们准备与朋友一起去逛逛越秀区著名的北京路。不曾想，我们一下车便有意外惊喜在等候。

北京路的起始端，矗立着一座褐色的仿古建筑，仔细端详，才发现，原来正是南越王宫博物馆。

我快步走过去，询问工作人员，还能不能进去参观？工作人员回答：下午四点半以后停止进馆，五点闭馆，现在还有半小时的时间，可以参观。谢天谢地，我们来得真及时。我随即出示身份证，验证入馆。

进去才知道，这正是我们要寻找的南越国那段历史。博物馆就建在南越王宫考古发掘遗址上。至此，广州两千年历史中的那一段终于衔接上了。

那段历史是从秦末开始的。

秦末，陈胜、吴广起义，刘邦、项羽争雄，中原大乱。南海郡尉赵佗封锁关隘，隔绝秦在五岭开辟的新道，出兵兼并桂林、象郡。于公元前203年，赵佗建立南越国，以番禺（今广州）为都城。南越国传五主，共93年的历史。

赵佗当年长居南越，采用"和辑百越"的民族政策，遵从越人的风俗习惯，并以"蛮夷大长老"自称。在汉朝使者陆贾的说服下，赵佗北面事汉，恢复了中原的礼乐制度。汉朝经过"文景之治"，日趋强大，至汉武帝时，北击匈奴，南征南越，建立了华夏一统的大帝国。公元前111年，南越国被汉武帝所灭。

我们出了南越王宫博物馆，走入北京路，目光穿过熙熙攘攘的人流，不断有新的发现。原来繁华的北京路竟是一段千年古道遗址，我们透过道路中央的玻璃地板向下看去，可见层层叠压的古道遗迹。

2002年的6至7月间，北京路整饬商业步行街开挖工程时，经考古发掘，发现了由唐朝至民国时期的路面，宋代至明清时期的文化层。在距地表3米以上，揭开了层层叠压的11层路面，有砂石路、砖铺路，再往下为淤泥层，这一发现确实令人惊叹。

可以确定，北京路就是广州古代的中轴线，其北端就是南越国宫署。

徜徉在北京路上，我们依次观赏着道路两边的建筑物。在随处可见的古迹中，"商务印书馆广州分馆"旧址映入我的眼帘。这是座民国时期的建筑，带有明显的西方风格，而"商务印书馆"也是抗战时期至广州新中国成立前，广州最有名气的印书馆。北京路这条千年古道，可真是一条充满了历史，也充满了时代气息的古道新路。

夜幕降临，广州的北京路商业街，灯光明丽，人流不息。花城广州的夜景似乎更有魅力，这真是座让人流连的不夜城。

阿尔山见闻

一

几个好友约好一起去阿尔山旅游,计划了两年,今年终于成行。

去时正值三伏天,临河天气炎热,气温高达34℃~36℃。

那天早晨9点多,我们到达了阿尔山的伊尔施镇。一踏上阿尔山的土地,我们顿觉凉爽无比,当地气温只有12℃~23℃,真是个避暑胜地。

放眼望去,四周群山绵延,满眼碧绿。这里的山并不高,也不陡峭,漫山遍野的全是森林和草场。

到达的时候,雨后天还没有完全放晴,伊尔施镇正在修路,我们乘车穿过积满雨水的坎坷小道,穿过一个个胡同小巷,去往预订的酒店。

虽然正在修路，道路不畅，但阿尔山的城市格调却依然清晰地展现在我们面前，这是一座北欧风格的小城。

当地朋友随口便来了几句顺口溜："楼房带尖儿，马路没边儿，窗户拐弯儿……"

二

中午吃饭时，当地朋友老赵向我们普及了一个常识，说阿尔山其实不是山。怎么？阿尔山不是山？我们都很惊讶！这还是头一回听说。

老赵说，阿尔山这个地名是蒙古语，意思是热的泉。噢，大家这才明白了。早就听说阿尔山有温泉，泡温泉可以治病，却不知阿尔山这个地名本身就是温泉的意思。

阿尔山全称哈伦阿尔山，哈伦（热的），阿尔山（泉水）。

午饭后，我们出去参观景区。

看惯了西北的荒山秃岭，初到阿尔山，我们感觉阿尔山到处都是风景，遍地都是可以开发的旅游资源。

我们沿着哈拉哈河前行。河道蜿蜒曲折，由东向西流淌着，河水清澈，河面时宽时窄。河边植物茂盛，色彩缤纷。这里的花草种类繁多，简直数不胜数，据说有1000多种。我们用手机识别着各种花草的名称和功能，路边有一种玫粉色的花，早晨去往酒店的路上，便吸引了我的视线。据说，这

叫柳兰，是阿尔山的市花。

三

第二天早上，我们去往80公里以外的阿尔山国家森林公园，到了那里，阿尔山的全部美景便会一览无余。

阿尔山是位于大兴安岭山脉中部，归属兴安盟的一个县级市，横跨大兴安岭西南山麓，有着茫茫的林海和广袤的草原。

在阿尔山境内，由于受地质运动和火山爆发的影响，形成了很多奇特的自然景观，也造就了阿尔山独特的河流与矿泉，这便是吸引人们探究的地方。据说，受新冠疫情的影响，阿尔山的游客较往年减少了2/3。

通往景区的道路也在乘游人减少时期一段一段地维修，看样子是准备拓宽道路。路边翻起的泥土呈黑褐色，是典型的东北黑土地。

除了正在翻修的公路之外，目光所及之处尽是风景，只见山脊上一丛丛的落叶松有序地排列着爬上山顶，像极了北方的长城。山坡下则是茫茫的白桦林，山谷间花草茂盛，草高至人的半腰，应该有1米多高吧。

远看着，有些草地上，散落着一个个石头碌碡，不知有何用处。问及当地的司机朋友，方知那是割下捆好的草垛，是为冬季大雪覆盖草场，不能放牧牛羊时备用的草料。

我还是感到有说不出的奇怪，我们西部区的草垛是方型的，而这里的草垛竟是圆柱型的，不知其中有何奥秘？

司机朋友告诉我，如今在这里，割草、打捆全部都是机械化。由于草高所以割下的草，可以被卷成圆柱形捆好。这样的草垛，在下雨时，雨水会顺流而下，而不会浸湿草垛，也就不会造成草垛里面发霉的情况了。真是做的恰到好处，细想一下这小小的不同，也显示着劳动人民的智慧。

山脚下的草场逐渐变得整齐划一，金灿灿的，是草？还是庄稼？走近一看，原来是麦田。麦穗已基本成熟，据说8月底收割，看来，麦收时间比我们西部区要晚一个半月。据说，因为气候的因素，这里的庄稼只能种一茬。

四

我们断断续续伴随着哈拉哈河逆流而行，想要去寻找河的源头。

阿尔山是个林业开发较早的地区，日伪时期曾遭受到掠夺性采伐，森林资源惨遭破坏。建国初期为支援国家建设，这里又提供了大量的优质木材，因此，阿尔山的原始森林面积逐渐减少。

上世纪末，国家下令限伐，退耕还林。阿尔山林业局以及所属的各个林场的职能便由开采转变为护林、造林。沿途，我们所看到的山脊上的绿色长城，便是阿尔山林场工人种植的兴安落叶松。这些森林即被称为人工林，而白桦树林以及樟子松、山杨、果柳等则为野生原始林。据说白桦树人工种植很难成活。

渐渐地，路边出现了黑灰色、褐灰色的渣状玄武岩，并形成了怪石嶙峋的熔岩结构。我们猜到，离火山口不远了，离哈拉哈河的源头也不远了。

只见这些火山熔岩上，仍然顽强地生长着落叶松、桦树。还有一种像海底珊瑚形状的植物，我不知道叫什么，问及当地朋友，得知这种植物叫偃松，俗称爬地松。好友之一便戏称"爬床松"，说它永远成不了气候。这个地段也被称为石塘林，后来才知道，这时的哈拉哈河是在石塘林的地下潜流着，而我们却看不到。

我平生所见的瀑布不多，走在阿尔山森林公园的木制栈道上，近观哈拉哈河上游的三潭峡所形成的瀑布，颇感兴奋。三潭之间，弯路颇多，似九曲回肠。两岸是针叶植物和阔叶植物混杂的原始森林。林间杜鹃花枝繁叶茂，随处可见中药植物，于是我便联想到，这大概就是传说中的深山老林吧。

我还在执着地寻找着火山口。眼前的驼峰岭天池便是其中之一。沿着栈道登上驼峰山岭顶端，我见到因火山喷发后火山口积水而形成的火山口湖。只见湖水清澈，湖面平静，周围山影、树影倒映在水中，蓝天白云也倒映在湖中，恰似一幅精美绝伦的风景画。

从驼峰岭下山,来到天池边,只见这椭圆形的湖泊,小巧玲珑,更是如诗如画。这也是一个火山口,只不过是火山熔岩湖在后期陷落而形成的破火山口。最后积水形成了湖泊,虽然其水面低于地面,但也丝毫没有影响其美丽的容颜。

令人兴奋的是,在深山老林中,我终于找到了哈拉哈河的源头。在一堆熔岩的缝隙中,有潺潺的清泉渗出,这便是哈拉哈河的源头。

这是我有生以来,第一次寻找到一条河流的源头,心情无比激动。

五

凡是来阿尔山的人,都要去泡一下温泉,因为阿尔山就是以众多温泉而著名的。

我们去时,露天的温泉眼正在被整修,所以我们无缘去享受。

第三天上午,我们去了市区的温泉博物馆。

阿尔山市区的温泉街美如童话世界,这里有全国最小的火车站,是1937年日本人修建的,还有著名的温泉博物馆,也称为阿尔山疗养院矿泉群。在长500米,宽70米的狭长地带上,竟然有48个自然泉眼,而且有冷泉、温泉和热泉之分,温度最低的仅1.5℃,最高的达48.5℃。这样分布密集,且温差悬殊，功能各异的矿泉，在世界上也属罕见。

据说，阿尔山温泉早在几百年前就被科尔沁草原、呼伦贝尔草原及蒙古草原上的游牧民所发现和利用。每年的某个季节，牧民们赶着勒勒车来到这里，搭起帐篷，天天泡温泉，连续泡半月十天，便会洗去一年的疲劳和病痛，这才赶着勒勒车回家。

待到清朝咸丰三年，黑龙江呼伦贝尔总管府即派人考察、勘测，并于此后开始修建经营温泉项目。民国37年后，特别是1990年后，阿尔山温泉的价值才真正为世人所认识，也就开始了科学的开发和利用。

温泉疗养院是建在这片矿泉群之上的。疗养院大厅的室内修建了不同水温，大小各异的池塘。我们先进入水温36℃～37℃的池中浸泡，感受着温泉的滑润和对肌肤的润泽。

我们看着泉眼处不断泛起的水波，便浮过去把脸浸入其中，感受着泉水温柔的抚摸。

我们尝试着去不同温度的池中浸泡，在20℃以下冷泉池中，仅探了一下脚，即感到冰冷不适，便不敢进去浸泡了。

我们又来到48℃的高温泉池中，进去泡了一会儿，即感觉发热气促，只得出来，重新回到36℃～37℃水温的池中。

不知不觉2个小时过去了，沐浴着温泉真是舒适至极，我坐在池中几近入眠。实践证明，温泉可能有助眠的功效。

正如当地一位诗人所言：天造阿尔山一个神奇美艳。

阿尔山人也无不自豪地夸耀着阿尔山"小城不大,风景如画……"

确实,这样风景如画的小城并不是很多见的。

越南的芽庄

2019年7月,我怀着好奇的心情,随旅游团去芽庄,一睹越南的风土人情。

芽庄市是越南中部沿海地区庆和省的省会,也是众多滨海城市当中一个较为僻静的海边小城市。

那天傍晚,一下飞机,扑面而来的湿热空气,就让人感受到了热带地区的特色。

导游介绍说:与中国相比,越南有四个特点,简而言之,就是四个瘦。

大家静静听着,这四个瘦到底瘦在哪里?

第一瘦,是国土瘦。

越南的国土面积只有32万9千多平方公里。即使是这么一小块国土,也被拉得瘦长。越南海岸线长达3260多公里,这海岸线可是世界上每个国家的至宝啊!

第二瘦，是道路瘦。

置身芽庄街头，我们确实看见当地的街道比较窄。高楼大厦之间，窄窄的街道蜿蜒曲折，基本都是双行道，中间没有栅栏阻隔。每侧只有一个车道，外边是摩托车道，看上去是比较拥挤，却很有秩序。

我们的旅行车在窄窄但干净的街道上缓缓通过，不急不燥，路上听不见焦燥的汽车鸣笛声，也听不见吵闹骂街声，只见众多行人、摩托车有序通过。街上红绿灯也很少见，交警更少见，交通井然有序，显得比较文明。

第三瘦，是房屋瘦。

越南人口近一个亿，国土面积不到33万平方公里，而且平地面积不超过20%。人们可以用来建房的土地很小。建房时，人们只能往深建，往高建。所以我们看到，沿街的房屋，都是瘦瘦的，高高的，但房屋建筑结构都是法式的尖顶样式，很有异域风格。这是因为，越南曾经是法国的殖民地。

第四瘦，是人瘦。

我们所见到的越南人，不论男女老少，都要比我们瘦小一号。尤其是少女，个个都是A4纸的细腰，令中国游客好生羡慕啊！究其原因，可能是饮食清淡，摄入热卡少。

说这话，我是有根据的。

第一次吃海鲜团餐时，桌对面的河南大哥夹海鲜时用力过猛，竟把汤汁溅到我的白T恤上，这让我很无奈。一下午的行程中，我穿着那件带几个油渍的T恤随团游览。好在这里的风景美，没有人注意到我T恤上的油渍，我便不再纠结与尴尬了。

早晨路边浓密的树荫下，随时可看到三三两两的越南中青年男子，坐着小木凳，面前摆着一杯咖啡或一杯茶，从容自若地聊天、品茶、喝咖啡，好不悠闲自在！这让旅行车上的中国男人感慨万千，不无羡慕地说："中国男人如果这么悠闲，这么懒洋洋，可能就只剩下喝西北风了！"

晚上回到酒店房间，我将T恤放入洗脸池中，打点肥皂，轻轻一搓，白T恤的油渍便不见了。如果是在国内，搓洗白T恤上的油渍是让我最头痛的事，有时快把手指搓破皮了，油渍也顽强地附着，决不轻易退去，这说明什么呢？说明越南菜系油水少。

我不觉想到导游总结的越南四大特点，还真是到位，也很形象。

来芽庄旅游，最大的不同就是，不用早起晚睡，那么辛苦地赶路，让我真正体验了一次不慌不忙、气定神闲的慵懒生活。

说起属相来，导游说越南人和中国人一样，也有十二个属相。

导游和旅行车上的男士开玩笑说："如果哪位帅哥去和一位越南美女约会，若问她属什么的？她可能会说属猫。这时，你可别以为她是在开玩笑，因为越南确实有这个属

相。"

真的？大家瞪大眼睛有点吃惊地继续听导游讲解。

"这是怎么回事？"导游一本正经的给大家卖了个关子，停顿片刻，不慌不忙地继续往下说。你要知道，越南人的属相是从中国传过去的。

是啊！是这么回事。大家同意这个说法，同时也为中国的传统文化感到自豪。

据说，当年中国属相传到越南时，子鼠、丑牛、寅虎、卯兔……等十二属相都传过来了，但是越南人错把卯兔听成"猫兔"，以为猫兔也是猫，所以越南就有了"猫"这个属相，而没有"兔"这个属相，其余的属相都与中国的相同。就是这么回事。大家"哦"的一声，随之放松了面部表情。

旅游的第二站，我们参观了占婆塔。占婆塔是印度风格建筑，体现的是越南多元文化的印迹。在公元7—12世纪间，这里供奉的是天依女神。天依女神是护佑占婆王国的一位女神，她保护着靠海吃饭的渔民，相当于中国渔民心目中的妈祖。占婆王国受印度文化影响很深，而发迹于北方的越南阮氏王朝却深受汉文化的影响，两种文化的并存，不可避免的会出现冲突。最终在17世纪时，占婆国被阮氏王朝所灭。

因此有人说，越南的历史就是越南北方王朝与占婆国的交战史，也是北方汉文化与南方印度文化的冲突史，而芽庄的婆那加占婆塔正是在这样的文化交融，此消彼长中不断地转换着身姿。

中午，我们去天堂湾吃午餐，然后在海滩休息看海，下午去五指岩赏海景。芽庄位于越南南部海岸线的最东端，海滨沙滩一望无际，白沙柔软，潮平水清，海底还有着千姿百态的珊瑚。早在越战时期，美军便将芽庄作为度假胜地。

导游介绍说，越南的一位姓潘的企业家投资打造了蚕岛的旅游业，在岛屿之间安装了世界上最长的跨海索道。

第二天，我们乘快艇出海时，由远至近观赏了连接蚕岛的跨海索道的壮观景象，观赏了岛上悬崖绝壁处的燕窝景观，听闻了渔民采摘燕窝的艰辛故事。

在芽庄的海滨，我放眼望去，只见众多的游人在尽情地玩海，玩潜水。我泡温泉。遗憾的是我不会游泳，虽然买了泳衣随身带着，下了几次决心，试了几试，最终还是没敢尝试下海游泳，更不敢去潜水。我自认为是只旱鸭子，只能乘坐快艇，穿行于几个小岛之间，感受大海的广阔胸怀。

中午，在海边景区吃完饭后，我踩着柔软的白沙，走入一望无际的沙滩，在沙滩近处找个躺椅坐下，看着海水的蓝色，我不禁想起我们黄河的大地色。黄河与大海竟是如此的不同，细看海水由近到远蓝色渐渐变深，确实让人感觉赏心悦目。再看看游人尽情地戏海逐浪，看着也是一种享受。困了，我枕着泳衣躺着，闭上眼睛，面朝大海，吹着徐徐的海风，美美地睡了场午觉。就这样，我感受了旅游的最高境界——梦游芽庄海滨。

傍晚，我们返回酒店。这是一座法式风格的窄小建筑，

只有进到酒店才能感觉到是在国外。因为酒店服务人员不讲汉语,也听不懂汉语,而且客人也不仅是中国人,欧美人较多,也有非洲人,大家见面时常常微笑点头,算是打招呼。

游客出来可以在小街上逛逛,在路边小摊吃一碗云吞小面,或是吃一碗牛肉河粉,然后在水果摊上买几个芒果、山竹,再买颗榴莲。芒果、山竹可以带回酒店享用,而榴莲只能在外面吃掉,不能带回房间,据说这是越南的风俗习惯,或许是气味太刺激的原故吧。

在芽庄的这趟旅游,我们全然没有寻常旅游那种赶路的匆忙,有的只是随着越南本地人的节奏,不慌不忙地观赏大自然赋予越南的自然风光,品味多元文化的今昔变迁,目睹当地人民从容的生活节奏。

黄河流过三盛公

"黄河之水天上来,奔流到海不复回。"李白的这两句脍炙人口的佳句,大家再熟悉不过了。

但你可能有所不知,黄河奔流到海之前,流过了我家乡的三盛公。

那是盛夏的一天,农工党市委会组织党员走访在三盛公水利枢纽工作的党员史强。在史强的引领下,我们登上了素有"万里黄河第一闸"之称的三盛公水利枢纽总控中心观景平台。我站在高处,放眼望去,只见宽阔的黄河波涛滚滚,翻卷着白色的浪花,岸边绿色葱郁的农田一望无际,水利枢纽的四座引水闸像四个喷泉滋润着河套850万亩良田。180公里的北总干引水渠像一条巨龙盘踞在河套平原,这是一座拥有六十年历史的黄河水利枢纽工程。

六十年前,正在磴口读巴盟师范的母亲,和她的同学们也参与了这项工程建设。她们的身影与两万名水利建设大军，和数万名河套灌区的民工一起镌刻于历史当中。在总控中心楼下展厅的多幅黑白照片中，我穿过茫茫人海，搜寻着母亲的身影，也感受着母亲当年劳作时的辛苦和激动兴奋的情景。

三盛公原名三道河，在清代属亲王封地。乾隆年间，那位盖了乔家大院的晋商乔致庸，在三道河开办了一个叫"三盛公"的商号。随着商号的影响日渐增大，这个地方就被称为三盛公，并逐渐取代了原来的地名。

1958年，三盛公改称为巴彦高勒镇，"三盛公"这个地名就被从行政区划上抹去了。但是，水利部在磴口县境内选址规划黄河水利枢纽时，却早已把这项工程定名为"三盛公水利枢纽"了。因此，三盛公的名称就这样得以延续并享誉世界。

遥看奔流不息的黄河，以及两岸被河水滋养的绿色田野，母亲河这个亲切的称谓便会油然而生。

三盛公黄河水利枢纽工程309米的拦河闸经历了六十年的辛劳，不仅灌溉滋润着万亩良田，也兼有公路运输、工业供水、渔业养殖综合利用多重责任。

如今，黄河三盛公水利枢纽所属的河套灌区，在2019年被列入世界灌溉工程遗产名录。它是亚洲最大的一座制平原引水灌区，也是黄河上唯一的以灌溉为主的一项制引水大型平原闸坝工程。三盛公水利枢纽享有着"万里黄河第一闸"的美称，也是八百里河套独特的人文景观。

黄河流过三盛公时，养育了无数河套儿女，也为河套儿女留下了丰厚的历史遗产。

拉萨的雨

对我而言拉萨不仅仅是神秘的藏传佛教圣地,也不仅仅是蓝天白云下布达拉宫那无与伦比的建筑艺术魅力,令我更觉得神奇的是拉萨的雨。

那年,我们走进西藏。我们原准备乘火车去,这样就能够一路观赏沿途的风景,也可以与火车同呼吸共命运,一起穿越那令人激动的海拔5231米高的唐古拉山山口,以便让身体逐渐去适应高原带来的不适感。

可是,我们预订火车票时,只订得了一张下铺。我们同行的有父亲、母亲、我和表姐三毛4人。父母已经是七十多岁的老人了,对他们来说,坐火车爬上铺是一件不可能的事。所以,我们只得改乘飞机到拉萨。

那是2013年的6月末,我们一行先乘火车到兰州,然后又从兰州飞到拉萨。

当飞机在贡嘎机场降落后，一出机舱，我便感觉头晕恶心，接着开始狂吐不止，直至登上机场大巴才消停一些。

那时，已是傍晚时分，路灯也亮了起来，在麻黑的夜空中，拉萨给我们的欢迎仪式是一场和风细雨。这雨中清凉的空气，与中午时分兰州炎热的天气相比，我们如同置身于两个不同的季节，让人顿觉身心俱爽。

弟弟已于前一日经西安飞到拉萨，为我们预订了酒店，他在拉萨市区等候并把我们接到酒店。

一进房间，我便歪倒在沙发上，动弹不得。父母从行李中取出事先准备好的便携式吸氧器，给我吸氧。

这本是给老人准备的吸氧装置，结果却让我用上了。到了高原拉萨，我们原计划是我和表姐照顾年迈的父母，结果却是年迈的父母反过来照顾中年的我，真是闹了个大笑话。想想也有点奇怪，老年人耐受得了高原的反应，而中年人却不能耐受，而且反应竟是如此强烈，真有点儿不可思议。

其实宾馆房间里就有吸氧装置，根本不用我们随身携带。

我们一觉睡到自然醒，已是第二天上午。我的身体已恢复正常，我们便慢慢走上拉萨街头。

素有"日光城"美称的拉萨，确实阳光充沛。上午的拉萨，天空如洗，纤尘不染，不远处的白云像是精选过的棉花团那样洁白膨松。朵朵白云姿态各异，她们或是在蓝天中静止不动，或是互相追逐，然后融合到一起，或是因节拍不一

致而慢慢相互疏远。

我们走到八廓街，这是拉萨最繁华的商业街。这条具有1300多年历史的古老街道，可以说是西藏历史的缩影。

走在八廓街的石板路上，身边游人如织。随时可见身着五颜六色藏族服装的藏族同胞，他们友好，充满善意地微笑着与游人目光交结。众多的藏族同胞围绕着大昭寺的这条古老的转经道，一圈一圈转经，口中念念有词。

大昭寺的门前，聚积着众多朝圣的佛教徒，只见他们一脸虔诚，五体投地，磕着长头。

我们也绕着八廓街转了一圈，父母坐在大昭寺门前一侧的台阶上，静静地看着人来人往。旁边有一对藏族小姐妹，正逗着婴儿车里的小弟弟，她们的母亲在不远处磕着长头。我的弟弟陪着爸妈与小姐妹俩聊起天来。我和三毛姐则买了门票进入大昭寺参观。

下午，我们乘出租车绕拉萨游览一周。拉萨城区不大，建筑风格大都为藏族特色，也有汉藏合璧的新建筑。拉萨城区街道干净、整洁，街道两旁是各种景观树，绿树成荫。

近傍晚时分，天空中积聚起了大片的乌云，不一会儿，便有风吹来，卷起地面上的尘土，接着，雨点便淅淅沥沥落了下来。每年的六至九月是拉萨的雨季。

这场雨总共持续了十几分钟，便嘎然而止。乌云渐渐散去，复又露出清爽的天空。让人觉得，拉萨的雨很有节制，不像江南的梅雨，缠缠绵绵下个没完没了，也不像我们内蒙古的暴风骤雨，伴随着电闪雷鸣，让人躲闪不及。拉萨的雨，是如此善解人意，轻柔地落在人们的脸上、身上。这雨仿佛就是为了要洗去人们一天的疲惫而下的，让人觉得，拉萨的雨甚是有趣。

这时，我不由地去想，拉萨这个地方，真还与人们想象中的高原不同。这块世界屋脊上的绿洲，确实不同凡响，"骁勇多英略"的松赞干布建立了土蕃王朝，并将根据地从山南迁移到拉萨，想必当时也是受过高人指点的。

第三天早上，我们如约来到布达拉宫，亲眼看见了这个远离尘世喧闹，美如仙境的城堡。

昨日的夜雨已将天空洗得湛蓝，布达拉宫雪白的宫墙托起赫红色的宫殿，像夕阳越过雪山，散发着迷人的色彩，向人们传达着喜马拉雅文化神秘的气息。

我们顺着台阶，蜿蜒登上依山而建的布达拉宫，随着游人走进红宫、白宫所开放的各个殿堂，去寻找1300多年前松赞干布与文成公主的爱情故事，去寻找西藏历代喇嘛的传奇故事。我们的目光不断被长廊中的精美摆设所吸引，每一件珍品都有一段鲜为人知的故事。顺着墙壁上的彩绘佛教故事，我们又去寻找那些隐没在历史角落里的人物。

父亲唯恐母亲的身体吃不消，便在中途停下来休息。我们姐弟三人继续随着游人登上最高层，站在最高层，眺望整个拉萨的城景。

接下来的两天，我们还是驻足拉萨街头，再没有往远

走。因为，从拉萨出发，无论到哪里，都需要七至八个小时的车程，依父母的身体状况，恐怕承受不了长途汽车的颠簸。

这次西藏之行，我们虽然没有走遍藏区的山川大地，但总归是走进了西藏，走进了拉萨。在这个佛教圣地，我们享受了拉萨如水洗般清澈的蓝天白云，也享受了拉萨善解人意的和风细雨，算是圆了父母多年的西藏之梦。我们姐弟三人，仍感意犹未尽，甚至还凭添许多的向往，开始酝酿着下一次的西藏之行。